M.J. HAAG

Série Contos da Fera

Perversão

AOS CUIDADOS DA FERA

PARTE 1

3DEA editora

Título Original: Depravity
A Beastly Taleo
Part 1

Editor-Chefe| Patrícia K. Azevedo
Tradutor| Alline Salles
Adaptação de Capa| Murillo Magalhães
Diagramação| Cris Spezzaferro

Texto de acordo com as normas do Novo Acordo Ortográfico da Língua Portuguesa (1990), em vigor desde 1° de Janeiro de 2009.

Dados Internacionais de Catalogação na Publicação (CIP)

H111 Haag, MJ
Perversão/MJ Haag; tradução de Alline Salles.
Brasília: 3DEA Editora,2018
N° de páginas 204; 14x21 cm
Tradução de: Depravity; A Beauty and the Beast Novel; A Beastly Tale, Book 1
ISBN 978-85-93964-18-3
1. Literatura Estrangeira. I. Título.
CDD: 820

Um

Segurei na grade gelada do portão enorme de ferro preto e olhei para os filhos do ferreiro indo embora, Tennen e Splane Coalre. A dupla olhava nervosa de volta para mim conforme se afastavam apressados do jardim assombrado da fera. Eles tinham me trancado para dentro por rancor mal direcionado. Não foi culpa minha eu ter visto o que vi.

— É isso que você ganha, Benella — Tennen havia dito ao me empurrar para o covil da fera.

Tennen pensava que seu tratamento era justo. No entanto, a situação atual era tudo menos justa.

Uma mecha de cabelo escuro, que estava solta da minha trança devido ao encontro com os irmãos, caiu sobre minha face e obstruiu parcialmente minha visão dos meus algozes fugitivos. Tirei o cabelo dos olhos e fiz um balanço da minha situação.

Fora do portão, havia a névoa do começo da manhã em volta dos troncos das árvores, e o céu azul brilhava pelo dossel gentilmente. Situado na sombra e no silêncio sombrio, o domínio da fera não dava as boas-vindas para nada além de seus muros.

Ainda arfando, me esforcei para silenciar a respiração. Precisava sair rápido. Tennen e Splane não haviam partido em silêncio, e não demoraria para a criatura vir me procurar.

Analisei o topo do portão. A grade deveria ser bem fácil de escalar, mas as trepadeiras escalavam os muros de pedra e se retorciam nas hastes de ferro. Eu não confiava nas trepadeiras. Elas costumavam se mover sozinhas. Também não confiava muito no portão. Deveria estar fechado e trancado.

Os pássaros do lado de fora do portão ficaram em um silêncio absoluto, e meu estômago se revirou quando percebi que meu tempo tinha acabado. Baixei a cabeça e fechei os olhos apertados.

A fera chegara.

Uma respiração pesada soprou meu pescoço, provocando arrepios de medo por toda minha pele, e minhas mãos se contorceram no portão. Ao longe, ouvi a risada zombeteira dos filhos do ferreiro enquanto corriam para casa.

Respirando devagar, me obriguei a tirar os dedos da grade e baixei as mãos nas laterais do corpo. Não me virei para olhar para a fera. Não precisava. Uma vez vi sua sombra escura escondida quando estranhos, vestidos com uma roupa justa, haviam ido até Konrall para invadir a propriedade.

Minha respiração desapareceu quando ele segurou meus braços e, de repente, me vi sendo lançada no muro. Capotei, girei, depois flutuei por um instante antes de me sentir atraída de volta para a terra.

Me abracei me preparando para a colisão dos meus ossos. Em vez disso, o impacto foi suave. Desnorteada, me sentei rapidamente.

Uma malha tecida de trepadeiras amarradas entre as árvores haviam amortecido a queda dura que estava esperando. Me soltei delas e me virei a fim de encarar a vegetação emaranhada que tinha me salvado. As trepadeiras deslizaram de volta às árvores, soltando-se uma da outra. Lentamente, elas desapareceram por cima do muro de onde tinham vindo.

Fiquei parada em pé arfando e tremendo, olhando para o muro de pedra que se estendia além da vista nas duas direções. As barras nas quais havia segurado um instante antes quebravam a monotonia da paisagem de pedra à minha esquerda. Ele tinha me jogado por uma boa distância. Se não fosse pelas trepadeiras, eu teria quebrado um membro ou pior.

Meu estômago roncou de fome quando me curvei a fim de inspecionar minhas roupas. Papai não podia pagar para substituí-las. Com exceção da sujeira e de alguns pequenos rasgos, os quais eu conseguia costurar, as calças e a camisa surradas e velhas ainda durariam bastante. Suspirei e me endireitei.

O dia não havia começado bem. Eu tinha saído para trocar por pão as cenouras selvagens que eu tinha colhido ao amanhecer. Cenouras, tipicamente plantadas no outono, eram fáceis de ser encontradas no começo da primavera se a pessoa soubesse onde procurar. Os jardins encantados da fera cresciam o ano todo. Embora ele não permitisse ninguém lá dentro, uma garota esperta ainda conseguia se beneficiar da propriedade. No lado leste da propriedade, as plantas rastejavam pela parte do muro que se desintegrava. Entre as pedras caídas, eu conseguia encontrar qualquer variedade de frutas ou vegetais. O tipo mudava todos os dias, dependendo do humor da magia.

Após a longa caminhada de volta à cidade com as raízes na bolsa, havia aguardado na porta do padeiro, escondida atrás de um dos barris de lixo em seu quintal. Através dos buracos nas paredes grosseiramente emendados, o calor dos fornos aquecia meu rosto enquanto eu observava o padeiro se movimentar por sua cozinha.

O suor já tinha umedecido seu cabelo castanho e o calor havia colorido seu rosto. O avental branco que cobria sua circunferência estava bem polvilhado com farinha enquanto ele trabalhava na mesa grande de madeira, sovando a massa e adicionando ingredientes. O cheiro de levedura e o pão assando preenchia meu esconderijo apertado do lado de fora.

Ele levou algo à boca e mastigou. Suas papadas se sacudiam com as mordidas irregulares conforme ele semicerrava os olhos pensativo. Ele provava tudo. Quando eu era mais jovem, tinha lhe perguntado por quê. Ele dera uma piscadela, em uma forma secreta que me deixou desconfortável, e disse que precisava provar para saber se estavam bons.

Eu não me importava com o padeiro. É por isso que me escondia no corredor, esperando um vislumbre de sua mãe. Ela era gentil o suficiente para trocar cenouras enquanto o padeiro não se importava com o quanto uma pessoa estivesse com fome se ela não tivesse uma moeda. Meu pai, minhas irmãs e eu normalmente não comíamos pão por causa disso.

Enquanto eu estava agachada, esperando a mãe do padeiro, a esposa do ferreiro, Sara, timidamente bateu à porta do padeiro. Eu o vi sorrir antes de atender a porta.

— Entre, querida senhora — ele disse, recuando a fim de deixar Sara entrar.

Achei esquisito ela ter usado a porta lateral. A padaria, cheia de gostosuras à venda, ficava na frente da casa e tinha sua própria entrada.

— Como estão os negócios de forja? — ele perguntou em um tom cordial.

— Sabe que não melhorou ou Patrick não teria me enviado — Sara disse.

Fiquei imaginando por que o marido de Sara a enviara para o padeiro se os negócios estavam ruins.

— Que pena — ele disse, tirando a massa da mesa. — O preço subiu.

— O quê? — Sara disse chocada.

— Não surte. Você conseguirá pagar, tenho certeza. Tenho pensado na minha parte, sabe.

Com a mesa limpa, ele foi até Sara e a ajudou a tirar sua jaqueta. Embora fosse uma mulher mais velha, ela ainda tinha sua beleza. Eu havia ouvido muitos homens da cidade comentarem sobre seus atributos bonitos e o tratamento gentil.

— Uma prova. É tudo que peço. Se não quiser mencionar o aumento a Patrick, não vou mencionar também, apesar de achar que ele não se importaria.

Sara mordeu o lábio e lutou contra as lágrimas que ameaçavam cair. Observou-o estender um pano na mesa suja de farinha. Então ele assentiu de forma curta e única, colocou-a em cima da mesa e a ajudou a se sentar.

Fiquei pensando no que eles estariam fazendo. Minha curiosidade me manteve no lugar conforme eu continuava a espiar pela pequena rachadura na parede, para que eu conseguisse descobrir.

— Como prometi a Patric no começo, não vou encostar a mão em você.

O padeiro foi até a porta que separava a padaria da produção e a trancou. Então trancou a porta lateral.

— Levante a saia.

Sara se deitou na mesa e fez o que ele pediu. Fiquei chocada ao ver pernas nuas e nada por baixo, mas comecei a entender o preço do padeiro. Aos dezesseis, embora ainda inocente, eu estava longe de ser ingênua. Havia espionado minha irmã, Bryn, beijando Tennen de vez em quando. Uma blusa larga e uma mão em seu seio geralmente acompanhavam o beijo.

— Coloque os calcanhares na mesa e jogue os joelhos para o lado para que eu possa vê-la melhor — o padeiro disse com uma voz rouca. Eu podia ver uma protuberância debaixo de seu avental conforme ele observava Sara fazer o que ele tinha mandado.

Ele ficou de joelhos, entre as pernas abertas dela. Minha visão ficou levemente obstruída pelo pé dela, mas vi e ouvi o suficiente para saber que ele a chupava. Repetidamente. Sara começou a emitir pequenos gemidos, e imaginei se estava doendo.

Cumprindo sua palavra, o padeiro não encostou um dedo nela, mas o fez em si mesmo. Ele colocou a mão por debaixo de seu avental e começou a se acariciar. Seus grunhidos se mesclavam com os gemidos dela. Os sons que eles faziam permaneceram abafados até o fim quando ambos aumentaram o volume por apenas um instante. Depois, o silêncio pairou. O padeiro deu a Sara uma última chupada e se levantou a fim de lavar as mãos.

Minhas faces estavam queimando pelo que eu tinha acabado de testemunhar, e me senti enjoada.

Sara se sentou, igualmente ruborizada. Ela se recusou a olhar para o padeiro conforme arrumava a saia e se levantou com as pernas trêmulas. O padeiro embrulhou um pedaço grande de pão, recém-saído do forno, e o entregou a ela.

Eu não queria ficar e ouvir mais. Em silêncio, me levantei e me arrastei do esconderijo, disposta a aguardar outro dia para encontrar a mãe do padeiro. Minha lista de motivos para evitar o padeiro havia acabado de crescer.

Foi quando virei a esquina e dei de cara com Tennen e Splane. Ambos estavam apoiados na casa do vizinho, esperando a mãe. Nenhum deles havia me visto, até Tennen passar a mão por seu cabelo escuro. A cabeça dourada de Splane estava virada a fim de analisar o irmão, até que Tennen congelou.

A dupla tinha visto minha expressão e, de algum forma, sentira que eu havia visto a mãe deles com o padeiro, e começaram a me seguir. Esquecendo-me das cenouras na bolsa pendurada em meus ombros, eu correra e eles continuaram a me perseguir.

Uma perseguição que poderia ter terminado muito pior, pensei.

Suspirando, vi que as cenouras não foram danificadas com minha queda, peguei uma e comecei a comê-la enquanto andava. Não voltaria à padaria hoje. Esperava que Bryn conseguisse fazer algo com as cenouras.

Pássaros cantavam à minha volta, e a névoa se dissipava conforme eu chegava mais perto de casa. As árvores ficavam mais estreitas e eu vi a fumaça enrolada saindo da chaminé de Konrall lá na frente. Em nossa cabana na periferia da vila, limpei o pé no tapete antes de entrar.

O cheiro do café da manhã me envolveu e, apesar de ter comido a cenoura, meu estômago roncou de novo. Bryn estava em pé diante do fogão, mexendo alguma coisa. Todo o resto estava quieto. Olhei em volta. Duas xícaras estavam perto da pia. Papai e Blye já tinham saído para trabalhar.

— Teve sorte esta manhã? — Bryn perguntou ao colocar ovos e algumas verduras no prato para mim.

— Sem pão. Mas tenho um punhado adorável de cenouras. — Coloquei as cenouras na mesa e me sentei em uma das quatro cadeiras.

Eu morava com meu pai, Bernard, e minhas duas irmãs, Bryn e Blye. Papai dava aulas para as crianças locais por um valor modesto, e Blye ajudava a costureira. Qualquer pouco dinheiro que Blye trazia para casa, dava para Papai. Na maioria das vezes, Blye recebia pedaços de renda e fita como pagamento, os quais ela guardava em um baú no quarto. Era habilidosa com uma agulha e uma linha. Tanto que ninguém dizia que eu usava roupas das minhas irmãs.

— O sr. Medunge não cooperou de novo? — Bryn perguntou.

Ela sabia que o padeiro normalmente não trocava. Exigia moeda. Exceto esta manhã. Mexi nos ovos do meu prato, pensando se deveria mencionar o que havia testemunhado. Nem tinha certeza se conseguia falar sobre isso, mas alguém não deveria saber que o sr. Medunge havia passado dos limites? Me lembrei da expressão de Sara, ruborizada e desconfortável com um traço de nojo quando ela se levantara. Ela não gostaria que ninguém soubesse o que fizera pelo pão, então guardei a história para mim mesma.

— Se não tiver planos para hoje, poderia dar uma volta na propriedade? Está acabando quase tudo.

Dei uma olhada nas prateleiras perto do fogão. Panelas de barro e sacos de pano delimitavam as prateleiras antigas de madeira. Menosprezados, alguns dos sacos estavam pendurados pelo topo, mas não estavam vazios. Demorou um pouco para eu perceber que ela não queria suprimentos, mas, sim, minha ausência.

Bryn pensava que Tennen, o mesmo Tennen que me trancara no jardim da fera, seria um bom marido para ela. Achava que a família Coalre era rica e queria uma vida confortável. Mal sabia ela. Contudo, não precisei de mais motivação para comer rápido e levar o prato à pia. Não queria me deparar de novo com Tenner ou Splane tão cedo.

Devido à paixão inabalável de Bryn por Tennen, não me incomodei em contar a ela o que ele fizera. Qualquer comentário remotamente negativo relacionado à família Coalre resultaria em repreensão de Bryn, que geralmente era na forma de comida não comestível.

Pegando as cenouras frescas da bolsa, procurei qualquer vegetal mais velho nos sacos da prateleira. Verduras murchas me chamaram atenção, então as troquei pelas cenouras. Gritando uma despedida para minha irmã, deixei-a com seus amantes e, de novo, caminhei em direção à propriedade da fera.

Não me importava com o tempo que passava fora de casa. Era definitivamente um passatempo muito mais aceitável comparado às ocupações escolhidas por minhas irmãs. Costurar por um período extenso deixava minha mente anestesiada, assim como limpar e cozinhar. Por entre as árvores, no entanto, a oportunidade de aventura era abundante.

Na floresta, logo antes de entrar na névoa mais densa, fiz várias armadilhas com as verduras murchas. Havia aprendido há muito tempo a não colocar minhas armadilhas muito perto da propriedade. Coisas estranhas aconteciam com elas, caso o fizesse. Normalmente encontrava as cordas mastigadas em pedaços e, uma vez, fezes de animal no lugar da isca no lugar exato das molas da armadilha.

Com as armadilhas prontas e nada mais a fazer, fui para perto do riacho que corria perpendicularmente à propriedade, fluindo para o sul perto de Konrall. Já que a maioria das pessoas não se aventurava até tão perto da propriedade, eu aproveitava a privacidade para nadar. Vestida, é claro, já que a água ainda estava gelada; e eu não confiava que Splane ficaria em casa enquanto Bryn entretinha Tennen. Não me demorei.

Com frio e molhada pelo tempo na água, tremi ao andar em volta da propriedade, para o leste. Geralmente demorava quase o dia todo para completar o circuito, mas não me importava. Gradativamente, o muro se curvava para o norte, e passava o lugar onde as coisas normalmente cresciam. Não fiquei surpresa ao ver o solo infértil, embora tivesse colhido apenas um terço do que a propriedade tinha para oferecer esta manhã. Um terço parecia mais do que uma parte justa para mim, e a propriedade parecia concordar porque, se eu voltasse mais tarde, como fiz agora, ela não ofereceria mais.

No ponto do extremo norte da propriedade murada, vi uma única flor nascendo da argamassa. Suas raízes mal se fixavam na superfície dura, mas não me preocupei com isso. Sabia que tudo era possível na propriedade ou perto de seu muro. Colhi a flor, coloquei-a em minha bolsa e continuei meu caminho.

Muitas horas mais tarde, voltei para minhas armadilhas e vi que tive sorte ao pegar um coelho gordo. Seus olhos esbugalhados me disseram que ele estava me esperando há um tempo.

Com o coelho jogado por cima do ombro, fui para casa. Bryn sabia fazer um ensopado de coelho maravilhoso, e eu sabia esperar ansiosamente por ele para o café da manhã.

Em casa, Bryn já tinha limpado tudo do jantar mas deixara um prato para mim perto do fogão a fim de mantê-lo aquecido. Ela me agradeceu quando lhe mostrei o coelho, porém insistiu que eu o limpasse antes de comer. Não o queria olhando para ela por mais tempo do que o necessário.

Cansada, faminta e querendo trocar minhas roupas sujas, fui até os fundos e limpei o coelho, guardando a pele para o açougueiro. O açougueiro, um homem gentil, aceitava muitas coisas diferentes em troca de carne. Minha sorte com armadilhas não exigia que eu visitasse o açougueiro frequentemente, mas não me impedia de ajudá-lo quando podia. As peles não eram úteis para mim, mas ele as limpava e vendia para caixeiros-viajantes ou qualquer um que estivesse procurando couro ou pele. Não rendia muito dinheiro para ele, mas possibilitava que ele fosse caridoso com minha família quando a necessidade aumentava.

Com a carcassa limpa e a pele para secar, levei para Bryn o que ela precisava para o ensopado e me sentei para meu próprio jantar apressado. Não tinha me esquecido da flor e queria perguntar ao meu pai sobre ela.

Meu pai, um homem brilhante, frequentemente ficava escravo dos livros que delimitavam suas paredes de estudo e não me ouviu quando bati a primeira vez. Bati uma segunda vez a fim de chamar sua atenção. Ele olhou para cima com um sorriso e fez um gesto para eu entrar, colocando seu livro de lado.

— O que você tem aí, Bini? — ele perguntou.

Sorri para ele, gostando de ele ter usado seu nome de estimação para mim. Significava que eu tinha sua total atenção.

— Achei isso perto do muro. Sabe o que é? — Entreguei a flor delicada para ele.

— É uma primavera, querida. Não as vemos por aqui. — Ele colocou a flor na escrivaninha e se levantou, olhando para suas prateleiras. — Vamos ver — Ele foi para uma seção e pegou um livro. Abriu-o e leu por minutos, ocasionalmente virando muitas páginas de uma vez. — Aqui — ele disse, me entregando o livro.

Nele, um artista havia esboçado um desenho semelhante à minha flor. Antes comum em muitos lugares em todo o mundo, seus números haviam diminuído conforme as damas, arrebatadas por seu aroma doce, arrancavam-na do solo em vastas quantidades a fim de fazer perfume. Franzi o cenho para o livro, depois para a flor. Eu não deveria tê-la pegado.

— Penso que sua irmã, Bryn, gostaria da flor se você não tiver utilidade para ela. Ela poderia fazer uma essência leve com ela. Bem pouca, claro. Seria divertido, para ela, tentar, sem dúvida — ele disse ao voltar para seu livro.

Peguei a flor murcha, devolvi o livro e fiz como ele sugeriu, me sentindo culpada.

Aliviada, guardei o pão quente na bolsa pendurada no ombro. A crosta se quebrou quando o segurei, enviando o cheiro de fermento pelo ar e fazendo cócegas em meu nariz; e mal podia esperar para voltar à minha casa e mostrar a Bryn.

Após dois dias de espera paciente, finalmente tivera um pouco de sorte. Como precisava ir ao telheiro, o padeiro havia chamado sua mãe e pedido que ela olhasse o escurecimento do pão.

A sra. Medunge gritou para agradecer as cenouras e cebolas selvagens e acenou da porta lateral. Acenei brevemente a ela em resposta e me apressei pelo corredor apertado entre a padaria e o galpão de armazenamento do padeiro.

Konral consistia em uma estrada principal suja que dividia o vilarejo entre norte e sul. O norte levava para a vila vizinha, Ponte Inundada, a uns vinte quilômetros de distância. O sul levava a terras e um pouco mais. Mas ali, no meio da vila, as rachaduras preenchidas com pedras davam uma aparência limpa, assim como o gramado aparado entre o limite das casas dos dois lados da estrada.

Era uma caminhada bem agradável se não me levasse tão desconfortavelmente para perto do ferreiro. Eu tinha sido bem-sucedida ao evitar Tennen e Splane desde nossa última perseguição.

Quando me aproximei do açougueiro, Sara, flanqueada por Tennen e Splane, saiu da ferraria e seguiu em minha direção. Em pânico, entrei pela porta aberta do açougueiro, assustando-o.

— Ho, você, Bini! — gritou o sr. Fluen, rindo. — Está com tanta fome assim para entrar correndo pela minha porta?

— Desculpe assustá-lo, sr. Flune — disse. — Queria saber se o senhor encontrou a pele que deixei na sua porta ontem.

— Achei, sim — ele disse com um sorriso gentil. — É uma beleza. Não vemos muitas peles brancas, então vai dar um dinheiro bom. — Ele recuou de seu lugar de açougueiro, saiu de perto da carne colocada para cortar e pegou um pacotinho embrulhado. — Isso é para a senhorita, um símbolo insignificante de agradecimento pelo prêmio.

Sorrindo amplamente, peguei o pacote, gostando do mistério. Ele normalmente me dava coisas pequenas para levar para casa, e eu nunca sabia o que poderiam ser. Agradeci e, depois de verificar a rua, continuei meu alegre caminho, feliz com as trocas do dia.

Quando entrei na cabana, Bryn estava consolando a Blye, que soluçava.

— O que aconteceu? — perguntei. Blye deveria estar no trabalho; o dia havia acabado de começar.

— A costureira não poderá me pagar este mês. Há pouquíssimas encomendas.

Embora Blye não recebesse muito, o que ela recebia ajudava. Com aquela notícia devastadora, tirei o pão da minha bolsa e o coloquei na mesa.

— Ainda está quente — disse baixinho para Bryn. Entreguei a ela o pacote também, já tendo espiado seu conteúdo. Um monte de carne de porco brilhava dentro dele.

Nesse meio-tempo, Blye continuou a fungar e chorar. Apesar de considerar a perda do dinheiro dela uma notícia triste, não entendia por que ela escolheria se lamuriar com pena de si mesma em vez de buscar uma solução. Era uma perda de tempo continuar como ela estava. No mínimo, ela deveria ter fé de que nosso pai não nos deixaria indigentes.

— Blye, vamos superar isso — eu disse. — Sempre superamos. Por favor, pare de chorar. Não quer que Papai chegue em casa e a veja assim.

Seu olhar brilhou com descontentamento, mas ela enxugou os olhos. Recebi isso como um bom sinal e continuei tentando animá-la.

— Você é boa com agulha e linha. E ainda tem bastante material que ela lhe deu. Vai descobrir algo esperto para fazer com tudo. Sei que vai. Provavelmente, verei alguém usando algo no cabelo ou no peito na semana que vem.

Ela arregalou os olhos e, por um instante, pensei que a tivesse ofendido. Mas ela se levantou da cadeira com um sorriso se abrindo lentamente em seu rosto manchado pelas lágrimas.

— Você que é brilhante, Benella. O cabelo — ela disse empolgada. — Posso fazer acessórios para combinar exatamente com os vestidos.

Eu não fazia ideia do que ela queria dizer, mas assenti, concordando. Ela correu de volta para nosso quarto, dizendo que precisava começar naquele instante e que eu deveria trazer para ela qualquer coisa bonita que encontrasse em minhas andanças, como penas e afins.

— Você sempre parece encontrar o lado bom e incentivar. — Bryn balançou a cabeça, depois cortou um pedaço de pão para mim e passou uma camada fina de manteiga fresca. — Aqui. Leve isso com você. Sei que vai querer andar por aí e encontrar alguma coisa para Blye agora mesmo.

Peguei o pão como ela esperava, apesar de eu não querer andar pela propriedade tão cedo. Blye gostaria de qualquer coisa que eu encontrasse, principalmente se achasse rápido. Se eu ficasse, era provável que começasse a chorar de novo. Dei uma mordida no pão, peguei minha bolsa e parti.

A floresta escura me envolvia com uma sensação de paz. Muitos do povo da aldeia não gostavam de andar tão perto da propriedade, e isso tornava minha caminhada muito mais fácil e silenciosa. Antes de chegar à névoa sombria, ouvi o gorjeio de um pássaro grande sobre mim. Eu o segui com os olhos e o vi pousar em um galho bifurcado da maior árvore daquela área. Não muito longe de seu poleiro, vi um ninho que estava na beirada e na junção de dois galhos. O pássaro abriu suas penas brancas e cinzas e pulou para a frente a fim de alimentar seu filhote barulhento.

Franzindo o nariz, olhei as penas da ave depois ajustei minha bolsa e comecei a subir a árvore enorme. A casca espetou minhas mãos e arranhou minhas pernas através das calças de lã conforme me mexi de galho em galho. A ave notou minha subida e gorjeou para mim antes de alçar voo.

Minutos mais tarde, me puxei para cima do galho que sustentava o ninho e olhei para o emaranhado de ramos. Lentamente, me inclinei para a frente, me segurando no galho para que o vento não me pegasse desprevenida. Os filhotes grandes, sem ver o que se aproximava deles, chilreavam para mim com esperança e abriam bem a boca. Penas macias do tamanho da minha mão delimitavam o ninho e faziam uma cama para os filhotes. Aquelas lindas penas brancas seriam um prêmio para qualquer cabelo de dama.

Retirei muitas do ninho, com cuidado para não tocar em mais nada. Não queria assustar a mãe ou tirar os filhotes de seu aquecimento.

A descida demorou muito mais tempo que a subida, e minhas pernas começaram a tremer com a tensão antes de chegar ao chão. Ao longe, ouvi vozes e fiquei preocupada que fossem de Tennen e Splane. Apesar do cansaço que sentia, desci apressadamente o que faltava, consegui cair suavemente e, com rapidez, desapareci na neblina.

Caminhei em volta do muro e encontrei mais tesouros. O lugar em que a primavera havia nascido agora tinha muito mais flores delicadas. Com cautela, colhi os botões, deixando as raízes para crescer. Bryn não tinha conseguido fazer nada com uma única flor, e eu duvidava de que ela conseguiria fazer muito com as seis que acabara de encontrar, mas o produtor de velas, talvez.

Não muito longe da primavera, descobri uma aranha enorme fiando uma teia prateada. Ela me viu e cuspiu teia em mim. Pulei para trás de susto, e a teia não me pegou e caiu na grama. Não grudou em meus dedos. Em vez disso, sua seda forte deslizou sobre eles com gentileza. Daria uma bela linha. A aranha não pareceu notar que eu estava puxando um monte de teia da grama.

Faminta e cansada, voltei para casa bem depois do jantar. Um prato coberto me esperava na cozinha silenciosa. Ao me sentar para comer, ouvi Bryn e Blye conversando baixinho em nosso quarto e sabia que nosso pai lia na sua sala de estudo, como fazia toda noite depois do jantar.

Não demorou para que minhas irmãs saíssem do quarto e viessem perguntar o que eu tinha encontrado. Coloquei minha comida de lado e peguei a linha e as penas da bolsa. Blye exclamou quando viu a linha, perguntando onde eu tinha achado. Quando expliquei sobre a aranha, ela me implorou para retornar no dia seguinte e tentar pegar mais. Assenti e ela saiu com os prêmios para costurar.

O produtor de velas aceitou avidamente as flores, dizendo que uma vela com essência valia em prata. Então, triste, ele me disse que não tinha nada para me dar como pagamento até ser vendida. Apesar de decepcionada, a falta de pagamento não me impediu de procurar mais flores enquanto caminhava em volta do muro a fim de encontrar a aranha. Mas o dia não me presenteou com nenhuma delas. As primaveras que eu tinha colhido de todas as flores no dia anterior haviam sumido completamente. A aranha também havia desaparecido com sua linda teia. Até o espaço que geralmente produzia um pouco de comida não tinha nada. Olhei triste para o muro, pensando por que ele não estava cooperando.

Quando me aproximei do portão a fim de completar minha jornada em volta da propriedade, ele abriu por conta própria. O coração martelando rapidamente no peito, fiquei paralisada e encarei o ferro preto, esperando os sons reveladores da aproximação da fera. Mas não havia som além do vento. Fiquei confusa pelo portão ter aberto da forma que o fez. Não achava que era um convite. Principalmente quando o muro não estava sendo tão amigável como geralmente era. Me senti culpada pelo tanto que havia colhido nos últimos dias sem dar nada em troca. Normalmente, pegava apenas cenouras, cebolas e afins. E se a propriedade esperasse uma recompensa pelas outras coisas que eu pegara? Preocupada que esse fosse o motivo, verifiquei minha bolsa para ver se tinha algo a oferecer, mas não encontrei nada. Desconfortável, fui embora.

O dia ficou agradavelmente quente enquanto retornava para casa. Ao me aproximar, dei a volta para os fundos a fim de verificar o progresso do meu próprio jardim. As cebolas estavam com brotinhos verdes e as ervilhas tinham quase três centímetros de altura. Eu esperava que o clima quente se mantivesse.

— Bom, quanto conseguiu? — A voz de Bryn foi carregada por uma janela aberta.

Olhei para cima, surpresa. A voz tinha vindo da janela de nosso quarto compartilhado.

— Uma prata! — Blye disse.

Eu sorri, sabendo que estavam falando sobre o primeiro acessório de cabelo de Blye.

— E vou esconder no lugar de sempre — Blye continuou. — Queria que Benella não soubesse que estou trabalhando nisso. E se ela contar alguma coisa para Papai?

Meu sorriso desapareceu conforme eu escutei.

— Vamos mantê-la ocupada procurando mais coisas para usar. Vai ficar tudo bem — Bryn disse.

— Darei a moeda de toda terceira venda para Papai assim como eu fazia quando a vaca gorda me pagava. Ainda não consigo acreditar que ela disse que não conseguiria continuar me pagando. Eu costurava melhor que ela. Ela vai perder o negócio rápido agora, juro. Odeio esta cidade e me recuso a ficar presa aqui pelo resto da minha vida.

— Pelo menos você pode economizar um bom dinheiro para partir. O que eu guardei em troca do subsídio de alimentação de Papai não é nada comparado a isso — Bryn reclamou.

Como elas podiam negar algum dinheiro para Papai? Ele nos dava comida, abrigo e amor. Eu não as entendia.

— Eu lhe disse, se você se casar com Tennen, não vai precisar se preocupar, de qualquer forma. A mãe deles é uma das melhores clientes da sra. Stinich. Obviamente, eles têm dinheiro.

Embora a notícia de que elas estavam escondendo dinheiro me irritasse, me recusei a agir pelas emoções tão impetuosamente como elas. Me afastei da janela e, em silêncio, dei a volta na casa e entrei pela porta da frente, fazendo bastante barulho. Ambas vieram com sorrisos e perguntaram o que eu tinha encontrado. Não me senti tão mal quando admiti que não tinha nada.

— E a teia? Com certeza você poderia ter pego se a aranha foi embora — disse Blye com um toque de reprimenda.

— A aranha levou a teia com ela. Não sobrou mais nada.

Ela me olhou com um ar ameaçador por um instante antes de suavizar o rosto com uma expressão de empatia.

— Obrigada por tentar. A propriedade é instável. Talvez amanhã seja melhor.

— Você pode pegar algumas cenouras e levar ao padeiro e ver se consegue trocar por pão de novo? — Bryn perguntou, mudando de assunto.

— Prefiro não fazê-lo. É difícil encontrar a sra. Medunge, e o padeiro se recusa a fazer troca.

— Tennen me contou que o padeiro parece ser gentil com você. Acho que só precisa pedir de novo — Bryn disse.

Realmente não queria me aproximar do padeiro de novo.

— Não sobrou mais nada do dinheiro que separamos para comida? — perguntei com um tom de recriminação.

— Não — Bryn disse, virando-se. — Vou fazer uma sopa para hoje à noite, mas seria bom ter carne e pão amanhã.

Dois

Me forcei a me aproximar do padeiro após três dias de armadilhas ou pouca colheita na propriedade. No meu próprio tempo, fui à cidade com minha bolsa pendurada no ombro e cruzada por meu peito. As cenouras frescas batiam contra meu quadril a cada passo e chute em pedra que eu dava. Devido às minhas reflexões e falta de concentração, não vi Tennen e Splane parados contra a funilaria até eles falarem comigo quando passei.

— Bom, olá, Benella — Tennen disse.

Assustada, virei para encará-lo em vez de ignorá-lo. Seus olhos se estreitaram para mim. Olhei em volta para o tráfego lento de pessoas a pé e não vi ninguém perto o suficiente para me ajudar. A porta lateral do padeiro se abriu e Sara, parecendo ruborizada, saiu com um pedaço de pão.

Meus olhos se lançaram dela para Tennen. Ele balançou a cabeça devagar.

— Péssima hora — ele disse cruelmente.

Meu primeiro instinto era correr, mas eu sabia que eles me pegariam antes de sairmos da cidade. Enquanto tentava pensar em uma maneira de evitar levar uma surra, chamei a atenção do padeiro, e ele gritou para nós.

— Meninos, levem sua mãe para casa. Benella, entre e vamos ver o que você tem para vender.

Correr e arriscar levar uma surra ou enfrentar o padeiro?

— Você não é muito melhor que a gente agora, não é? — Splane disse baixinho.

Sua declaração me deixou confusa. Quando eu tinha dado a eles a impressão de que me achava melhor? Eu tinha me agachado, me escondido atrás das caixas da padaria por horas, com frio e fome, esperando a sra. Medunge aparecer. A vila inteira era pobre com exceção do padeiro. Balançando a cabeça, me virei e andei em direção ao homem repugnante.

Sara não me olhou nos olhos quando passei por ela, não a culpava por isso. Esperava, pelo bem dela, que o preço do padeiro não aumentasse ainda mais.

O padeiro sorriu para mim ao me receber e segurou a porta aberta, porém eu parei a alguns metros, enfiei a mão na bolsa e lhe ofereci uma cenoura para que analisasse. De canto de olho, vi a família Coalre se afastar.

— Venha agora, Benella. Não há motivo para fazer isso aqui fora. Entre.

— Prefiro ficar aqui. Está interessado em trocar cenouras por pão hoje? — perguntei abruptamente.

— Temos cenouras suficientes. Talvez possamos fazer algum outro acordo.

Engolindo uma ânsia, demorei um pouco para responder.

— Acho que não. — Guardei a cenoura de volta na bolsa e me virei para partir com a esperança de que Tennen e Splane já estivessem bem longe.

— Benella — o padeiro disse. — Sempre te achei bonitinha. Minha mãe comentou outro dia o quanto é agradável de conversar e me lembrou do meu estado não casado. Talvez seja hora de mudar isso.

Corri e não olhei para trás.

Me deparei com Papai no caminho para nossa casa. Com o som das minhas passadas fortes, ele se virou com um sorriso no rosto.

— Alguma coisa interessante da propriedade hoje?

Diminuí o passo a fim de andar ao seu lado, o coração martelando e o estômago revirado. Como o padeiro podia falar em casamento? Só de pensar em seu corpo pesado pressionado contra o meu me deixava enjoada.

— Bini, o que foi? — Papai perguntou, parando. Seus olhos azuis e úmidos me estudaram com preocupação, realmente me olhando, para variar.

— O padeiro falou em casamento.

— Ah — ele disse de forma enigmática. — E isso a chateou?

— Sim. Sei que não poderei morar com o senhor para sempre, mas eu escolheria um homem com quem me importasse. Um que não me sufocasse com sua barriga enquanto dormia.

— Bini — ele me repreendeu.

— Ele não é um bom homem, Papai — eu disse com firmeza, esperando que ele entendesse.

— Então não leve a sério o que ele disse.

Ter seu apoio me acalmou. Andamos o resto do caminho em silêncio. Bryn não estava com a sopa pronta quando chegamos em casa.

— Sem pão? — ela perguntou.

Balancei a cabeça e lhe entreguei as cenouras.

— Não se preocupem, queridas — Papai nos confortou. — Eu não estava com fome, de qualquer forma. — Ele foi para sua sala de estudo, deixando-me para enfrentar o cenho franzido de Bryn.

— Você ao menos pediu?

— Sim. Ele foi bem claro ao dizer que não estava interessado em trocar por cenouras. Eu lhe disse, só tenho sorte com a mãe dele. — Não gostei do tom dela, principalmente quando sabia que ela tinha dinheiro escondido que poderia ter comprado nosso pão.

Ela suspirou.

— Você pode tentar colocar armadilhas ainda hoje? Talvez possamos ter algo fresco para Papai no café da manhã, então.

Por Papai, assenti e segui de volta para a floresta cheia de névoa. O sol estava baixo no céu, deixando a floresta já sombria ainda mais nas sombras. O escuro não me incomodava. Coloquei algumas armadilhas e fui em direção à divisão no muro da propriedade, com esperança de ter alguma recompensa. O solo continuava infértil, da mesma forma como estava nos últimos dias.

Enquanto olhava desanimada para a parte marrom de terra, ouvi um som fraco de arrastar atrás de mim e me virei a tempo de ver Tennen saindo de trás de uma árvore. Ele segurava uma parte grossa de um galho quebrado. A determinação em seu olhar me dizia que eu não iria para casa sem ferimento desta vez.

Girei e pensei em correr, mas Splane saiu de trás de outra árvore, bloqueando efetivamente a passagem. O buraco no muro zombava de mim. Era o único caminho possível, mas eu sabia o que me esperava se eu ousasse tomá-lo. Independente do que eu escolhesse, voltaria para casa com ferimentos e bem provável que com algo quebrado.

— O que eu fiz para vocês? — perguntei a Tennen, a quem eu via como a maior ameaça.

Em vez de responder, ele correu na minha direção com o galho erguido. Esperei parada até o último segundo e, então, esquivei debaixo de seu golpe na tentativa de ficar atrás dele para que pudesse fugir. No entanto, o movimento não foi profundo o suficiente porque o galho bateu nas minhas costas. Gritei de dor, mas continuei me movimentando. O portão apareceu à frente, mas eu sabia que era melhor não entrar. Tentei desviar para a esquerda em direção à vila, mas Splane jogou uma pedra, que acertou meu braço esquerdo, me direcionando com eficácia para a entrada. Derrotada, percebi que eles queriam me encurralar na propriedade e me atirar em direção ao portão de ferro preto escancarado.

Eles me seguiram, correndo rápido se esforçando para me alcançar. Assim que passei pela entrada, o portão fechou rápido por conta própria, o barulho do metal soou como minha condenação.

Derrapei para parar e me virei e vi suas expressões de desdém a uma distância das barras de ferro. Eles não eram idiotas. As grades não garantiam sua segurança. Todo mundo sabia que a fera saía de vez em quando.

Splane acenou para mim em despedida e saiu correndo. Tennen aguardou, me observando. Quando seus olhos se arregalaram e a cor foi drenada de seu rosto, eu sabia que a fera tinha chegado. Vi Tennen virar e correr e, então, baixei a cabeça com a frustração. Minhas costas queimavam e meu ombro doía. Se eu tivesse escolha, não teria entrado correndo pelo portão. Eu sabia que iria apenas aumentar meus ferimentos.

— Desculpe — sussurrei.

Atrás de mim, o rosnado da fera estalava de raiva. Mantive os olhos no caminho coberto por mato crescido aos meus pés. Não tentei implorar ou fugir. Nunca tinha acabado bem para aqueles que tentaram esses métodos antes de mim. Melhor simplesmente aceitar a punição em silêncio.

Seu rosnado ficou mais alto conforme ele se rastejava para mais perto, e sua respiração soprava minhas costas. Tennen, o desgraçado, havia rasgado minha camisa com seu golpe perverso.

Algo quente e molhado tocou minha pele ralada, provocando um sibilo involuntário dos meus lábios e um passo rápido para a frente. O rosnado se intensificou, e fiquei paralisada. A fera tinha me lambido?

Em todas as histórias sobre a propriedade, nunca tinha ouvido que a fera devorava invasores. O medo disso acontecer me deixou travada no lugar, e ele deu um passo à frente e repetiu a carícia. O arrastar lento de sua língua doía tanto quanto abrandava.

Ele lambeu a área do meio das costas até o ombro esquerdo por muitas vezes. O tecido da minha camiseta se rasgou mais conforme ele o forçou para o lado com a cara. Não me movi nem fiz outro som. A cada toque de sua língua, a dor do arranhado amenizava assim como a palpitação no ombro onde a pedra acertara.

Em um instante, ele lambia minha pele e, no outro, eu era lançada pelo ar, dando cambalhotas para depois cair suavemente em uma pilha de feno. Tossindo com a nuvem de poeira que minha aterrisagem provocara, balancei a mão diante do rosto e olhei para o vazio dentro do portão.

Por algum motivo, a fera havia me poupado.

Bryn arfou quando passei pela porta. Eu sabia que estava com uma aparência horrível mas achei sua reação um pouco exagerada. Ela ainda nem tinha visto minhas costas. Blye, ao ouvir nossa irmã, saiu do nosso quarto assim que Bryn perguntou o que tinha acontecido comigo. Consciente de que Bryn não iria querer ouvir sobre o ataque de Tennen, abri a boca, pronta para lhe dizer que havia topado com um galho. Porém, Papai saiu de sua sala de estudo. Fechei a boca rapidamente.

Naquele instante, eu amava e detestava minha família por causa do emaranhado de mentiras que seguraram minha língua. Bryn escondia dinheiro de Papai na esperança de atrair a mão "rica" de Tennen, Blye escondia dinheiro para fugir para uma cidade com mais perspectivas, e eu não tinha dúvidas de que nosso inteligente Pai sabia das atividades delas, mas não dizia nada porque ele estava satisfeito naquele pobre vilarejo. Tudo isso me pressionava a andar por aí mendigando comida e trocando com aquele porco do padeiro.

Eu me recusava a falar mais mentiras. Minha raiva não perdurou mais, no entanto, quando vi os olhos de meu pai se suavizarem. Eles eram minha família, eram tudo que eu tinha.

— E então, Bini? — Papai perguntou. — O que aconteceu com você, querida?

— Prefiro não falar sobre isso — eu disse carrancuda.

— Venha para minha sala.

Sem escolha, eu o segui e escutei outra arfada quando minhas irmãs viram o estrago na minha camisa de algodão barata. Seria obrigada a usar meu vestido no dia seguinte, e isso me deixava irritada.

Papai segurou a porta para mim e a fechou com delicadeza depois que entrei. Fiquei parada encarando sua escrivaninha enquanto ele dava a volta em mim, estalando a língua. Atrás de mim, ele tocou levemente minhas costas onde o galho de Tennen tinha rasgado minha pele.

— Parece que alguma coisa te arranhou, forte. Felizmente, não abriu a pele. Um galho, talvez?

Ele deu mais uma volta em mim para sentar em sua cadeira, analisando-me ao se mover. Mantive a expressão relaxada, embora estivesse lutando com uma tensão crescente. O galho havia me cortado, eu sabia que tinha, mas, de alguma forma, papai apenas vira um arranhão. A única explicação em que eu conseguia pensar era na língua da fera. Ele tinha me curado de verdade? Se sim, com que objetivo? E por que me jogar no feno na minha segunda invasão? Todo mundo sabia que ser pego pela segunda vez significava algum tipo de ferimento.

— Tennen bateu com um galho em mim, e Splane jogou uma pedra enquanto eu estava colocando armadilhas perto da propriedade — eu disse, falando a verdade.

— Por que Tennen faria uma coisa dessa? Pensei que ele gostasse da sua irmã.

Bufei baixinho antes de conseguir parar e olhei para a porta. Papai se levantou em silêncio e espiou para fora da porta. Vi a saia de Blye de relance quando ela se virou para entrar em nosso quarto.

Ele fechou a porta e ergueu uma sobrancelha para mim, encorajando-me a contar.

— Vi uma coisa que queria não ter visto. O padeiro está fazendo troca por pão, mas não tem interesse em produto. Ele... quis algo de Sara. — Um rubor se instalou em minhas faces, e não consegui falar mais nada.

— Sei — meu pai murmurou, surpreso. — E Tennen?

— Quando saí correndo do corredor do padeiro, Tennen e Splane estavam lá, aguardando Sara. Eles sabiam que eu tinha visto algo que não deveria, e estão dificultando minha vida desde então. Disseram que eu acho que sou melhor que eles. — Olhei para os olhos do meu pai com sinceridade. — Nunca lhes dei motivo, conscientemente, para pensarem isso. Somos tão pobres como o resto deles graças ao roubo de Bryn e às economias de Blye.

Ele não pareceu surpreso com o que eu disse. Em vez disso, pareceu entristecer-se, e eu soube, então, que estava certa. Papai sabia das atividades das minhas irmãs.

— Sinto muito que sofra por nossas fraquezas. Não posso impedir que Blye guarde o dinheiro que ela trabalha tanto para ganhar, nem que Bryn separe dinheiro para ela, já que ela cuida da minha casa. Só me arrependo de não ter nada que possa lhe dar por cuidar de nós.

Ele desviou o olhar a fim de olhar pela janela por muitos longos minutos enquanto eu me contorcia sob minha culpa por subestimá-lo. Lógico que ele sabia o que acontecia em sua casa. Eu deveria ter confiado que ele tinha uma razão para permitir.

— Talvez haja alguma coisa que possa fazer por você agora — ele disse. — Blye. Bryn — ele gritou, assustando-me. Ele nunca levantava a voz.

A porta se abriu instantes mais tarde, e elas se juntaram a nós na sala de estudo. Fiquei pensando no quanto minhas irmãs teriam escutado.

— Bryn, sua irmã teve alguns ferimentos que precisam de uma água quente. Sei que é um esforço, mas

Bryn balançou a mão para o resto que ele iria dizer.

— Vou preparar um banho para ela. — Ela se virou e saiu.

— Blye, sua irmã tem pouquíssima roupa e não pode se dar ao luxo de perder uma camisa. Você pode costurá-la?

Blye foi para trás de mim, desaprovando.

— Eu poderia, mas ela vai parecer uma mendiga. É melhor cortar a camisa e usar alguns dos tecidos que tenho para a parte das costas.

— Quanto isso demoraria? — Papai perguntou.

— Devo terminar amanhã à noite.

Ele a agradeceu e acenou para que ela saísse antes de se voltar para mim.

— Vá se limpar e deixe a camisa com sua irmã. Amanhã você terá que suportar seu vestido. — Ele me deu um sorrisinho, sabendo que eu preferia minhas calças. — Depois de amanhã, vou lhe dar uma tarefa, então não faça planos para esse dia. — Ele se levantou e plantou um beijo no topo da minha cabeça.

Sabendo que eu estava dispensada, me levantei e saí da sua sala e encontrei Blye me esperando. Ela não parecia brava, então achei que não tivesse escutado a parte sobre ela esconder dinheiro.

— Bryn está esquentando água na cozinha. Posso ficar com sua camisa? Quero lavá-la antes de trabalhar nela.

Não a culpava por querê-la limpa. Com rastro de terra e baba da fera, não estava bonita. Já que Papai ficou em sua sala a fim de garantir a privacidade que nossa pequena cabana não tinha quando algum de nós se banhava, tirei rapidamente a camisa e os pedaços rasgados e dei tudo para ela. Ela passou pela cozinha e saiu pela porta dos fundos para o poço. Nua da cintura para cima, me cobri com os braços e fui até a cozinha.

A pele das minhas costas parecia rígida, e meu ombro ainda doía um pouco quando o esticava para a frente. A fera havia me curado, mas não completamente. Quando me sentei na cadeira e esperei, imaginei de novo o motivo por trás de sua misericórdia. Pensar na fera intrigante era muito mais agradável que pensar na depravação do padeiro ou na fraude das minhas irmãs. Mesmo assim, meus pensamentos tratavam de ir para essa direção.

Bryn estava com o fogo aceso a fim de aquecer a água, então eu estava confortável enquanto ela suava. Um pouco depois, ela anunciou que a tina estava pronta e moveu a tela de banho para a frente dela antes de sair para se esfriar.

Tirei o restante da roupa e entrei na água com um suspiro de satisfação, colocando os pensamentos do padeiro, da fera, dos meninos da vila e das mentiras da família para longe da minha mente.

Três

De manhã, fui a última a sair da cama, porque não queria minhas irmãs por perto quando fosse me vestir. Blye havia sido gentil em pendurar meu vestido na noite anterior para que os vincos de guardado se esticassem sozinhos.

O vestido foi presente de Blye e de meu pai para meu aniversário há mais de seis meses. Papai havia comprado o tecido, e Blye trabalhara nele por semanas, me obrigando a ficar em pé parada por muitas provas dolorosas e entediantes. Normalmente, eu só o vestia em dias de lavagem de roupa e, depois, me escondia na cabana com ele. Blye geralmente ria de mim.

Azul-claro com uma saia bufante com plissado em branco, o decote era quadrado e as mangas eram longas, era lindo de verdade, mas eu ficava tão diferente nele. Não achava que me deixava feia, apenas excessivamente feminina. Secretamente, eu estava preocupada com as responsabilidades que vestir tal vestido pudesse trazer. Com minhas calças, a maioria das pessoas me deixava em paz. Suspirando, me levantei e coloquei o vestido bonito por cima da cabeça, sem me incomodar com as amarrações.

Com estatura mediana e o cabelo bem escuro de minha mãe e os olhos castanhos e a estrutura magra de meu pai, eu parecia uma jovem desengonçada com minhas calças e a camisa. Agora, o vestido retirava a parte desengonçada e me transformava em uma jovem esbelta. Eu sabia que era isso que eu era, mas não gostava. O vestido também empinava meus pequenos seios como se eu quisesse exibi-los, como um produto no mercado. O mero pensamento em vendê-los me levou a pensar em Sara e no padeiro, e decidi que a melhor opção realmente era me esconder no quarto o dia todo.

Uma batida soou à porta do meu quarto enquanto eu passava as mãos na saia, nervosa. Apenas Papai batia, então gritei para que entrasse.

— Você está adorável, Bini — ele disse com um sorriso carinhoso. — Sei que preferiria ficar dentro de casa, mas poderia ir ao produtor de velas com Bryn? Preciso de outra vela.

Papai lia à luz da lareira em sua sala a maioria das noites, porém precisava da vela se quisesse escrever algo em sua escrivaninha.

Assenti e aceitei a moeda que ele me entregou.

— Compre o máximo que conseguir com isso.

Sabíamos que não seria muita coisa, mas nenhum de nós mencionou isso, assim como não questionei por que Bryn não poderia ir sozinha.

O produtor de vela pegara aversão a Bryn alguns anos antes. Ela havia ido comprar velas dele, e o encontro não fora bom. Ele tinha colocado seu preço e não abaixava. Ela o chamou de velho avarento, o que ele era, no entanto, ele também era legal e não gostava de ser xingado. Na verdade, ela só ficou brava porque ela era uma jovem avarenta que tentava pechinchar quanto podia para seus próprios interesses egoístas. Não sei como ela poderia culpar o produtor de velas por fazer o mesmo.

Pelo menos, com Bryn como companhia, Papai me dera a segurança de que precisava para sair em meu vestido desconcertante. Se me deparasse com Tennen e Splane sozinha usando o vestido, eu nunca teria chance de fugir deles.

Após amarrar minhas botas brutas escondidas debaixo das saias, endireitei os ombros e fui para a cozinha. Bryn aguardava na porta e usava seu melhor vestido. Ela havia sido abençoada com o cabelo e os olhos claros de Papai e o corpo curvilínio de nossa mãe. Ao vê-la, decidi ignorar os olhares que nós duas receberíamos. Eu sabia que todos nos comparariam e não queria pensar em quem viria à frente na comparação.

— Acho que você cresceu, Benella — Bryn comentou, me olhando com frieza.

Olhei rapidamente para baixo das minhas saias, que ainda pairavam a um centímetro do chão.

— Não em altura — ela riu e se virou para a porta aberta.

Recusando-me a pensar em seu comentário, eu a segui para a luz do dia, me sentindo esquisita conforme as saias se arrastavam por minhas pernas nuas. Eu não tinha meia-calça, apenas meias e botas que serviam para um jovem menino.

— Espero que Papai tenha lhe dado dinheiro. Não tenho nada para gastar com o produtor de vela — ela disse quando fechei a porta e corri para alcançá-la.

— Não o suficiente, mas o produtor de velas é legal, então tenho certeza de que podemos chegar a um acordo.

Bryn não respondeu.

Andamos o resto do caminho para a cidade, cada uma perdida em seus próprios pensamentos, os meus eram os desejos mais fervorosos de não encontrar Tennen com

Bryn ao meu lado. Meus desejos não foram ignorados. A bigorna estava em silêncio e a quantidade de pessoas diminuiu quando entramos na estrada principal. Aliviada, atravessei a rua e entrei na casa do produtor de velas. O barulho suave do sino anexado à porta me recebeu.

— Benella! — o produtor de velas exclamou, me recebendo com um sorriso.

Sentado à uma mesa perto de seu forno, ele retirou uma fileira de barbante de um vaso de cera derretida e o colocou no suporte ao lado. Uma vez, ele tinha explicado que suas velas eram as melhores da região porque ele se certificava de que elas ficassem em pé o tempo todo, assim, a cera se queimava por igual.

— O que a traz aqui hoje? — ele perguntou, levantando-se.

Seus ossos se estalaram e rangeram com o esforço, mas não tentei insistir que ele se sentasse para nossa conversa. Ele tinha uma crença forte de que honrava seus clientes ao se levantar para recebê-los. Sua mão deformada arrumou seu cabelo branco e fino conforme arrumava sua postura lentamente.

Mostrei a moeda.

— Papai me mandou para comprar uma vela. Sei que o senhor trabalha apenas com o melhor, porém ele gostaria de algo simples, se possível.

— Benella, suas palavras doces são uma armadilha para um homem descuidado, com certeza. — Ele sorriu para mim, rindo e murmurando "apenas com o melhor" baixinho. Ele não pegou a moeda oferecida, mas foi até as prateleiras e seguiu pelas velas brancas por um instante, depois pegou uma grossa com um suspiro satisfeito. Um pavio preto saía de um dos lados derretidos.

— Esta eu fiz para mim mesmo — ele disse, entregando-a para mim. — Um presente pelas flores, até eu poder lhe pagar adequadamente. Diga ao seu pai que queimará por pelo menos dez horas se ele aparar o pavio.

Assenti em agradecimento, aceitei a vela e fechei os dedos em volta da moeda.

Quando saí, pensei na moeda. Se eu a desse para Papai, provavelmente ele a daria para Bryn a fim de comprar suprimentos, os quais não veríamos. No entanto, com Bryn ao meu lado e uma moeda na mão, eu poderia ir à padaria, evitar o padeiro e comprar um pouco de farinha. Afinal, uma moeda de cobre não era suficiente para comprar pão atualmente.

Bryn me esperava do lado de fora. Entreguei-lhe a vela e ela a guardou na bolsa sem falar nada.

— Eu gostaria de ir à padaria e ver quanta farinha podemos comprar — eu disse, fazendo-a parar quando se viraria para voltar para casa.

Ela ergueu as sobrancelhas para mim, sem dúvida surpresa por minha boa vontade em andar pela cidade usando um vestido, e me seguiu sem comentar.

A porta para a padaria ficava encostada e ondas de calor saíam dela. Ninguém estava lá dentro para fofocar hoje. Subi no alpendre e rapidamente olhei dentro da loja. A senhorita Medunge estava sentada em um banquinho atrás de um balcão enfeitado com uma variedade limitada de pão fresco. Ela sorriu para mim e acenou para que entrasse.

— O pão já foi comprado. Sobrou apenas isso até o jantar — ela disse, apontando para os pães.

— Estou interessada em comprar farinha, o que conseguir comprar com uma moeda de cobre — eu disse, colocando a moeda no balcão. Podia quase sentir o gosto dos biscoitos que imaginei Bryn fazendo.

Ela franziu os lábios ao pensar.

— Pouco menos de duas mãos cheias, eu acho. Você tem um pano para levar?

Me encolhi.

— Não tinha pensado nisso.

— Não se preocupe. Posso lhe emprestar se prometer devolver.

Assentindo minha promessa, eu a observei passar pela porta para a padaria. O cheiro de pão fresco fez minha boca salivar enquanto aguardava. Quando a porta se abriu, olhei para cima esperando sua expressão sorridente, mas, em vez disso, encontrei os olhos do padeiro. Em sua mão, ele segurava um pacotinho de tecido amarrado com um barbante.

— Benella, não pude acreditar quando minha irmã me contou que a senhorita estava aqui para comprar farinha — ele disse enquanto seus olhos percorriam meu corpo, demorando-se na pele exposta do meu pescoço e peito. — E tão lindamente vestida. Não sabia que tinha vestido.

Não me importei com seu tom.

— Aqui está a moeda — eu disse, empurrando-a pelo balcão com um dedo.

Ele sorriu para mim e ergueu a farinha, esperando que eu me esticasse a fim de segurar meus dedos com sua outra mão. Ele os afagou com a ponta de seus dedos suados.

— Talvez eu a veja mais tarde — ele sussurrou, colocando o saquinho de farinha na minha mão.

Eu não disse nada, fiquei encarando-o enquanto mantinha a expressão séria. Em certo momento, ele soltou minha mão, e eu me virei e saí lentamente. O suor cobria meu lábio superior quando saí no ar fresco, porém minha sorte não melhorou. Tennen estava parado perto de Bryn, e eles conversavam baixinho. Quando ele me ouviu, olhou para cima com brilho nos olhos.

— Precisava falar com o padeiro? — ele perguntou, rindo.

Bryn, sem gostar de eu ter roubado imediatamente sua atenção, fez beicinho bonitinho, porém ele a ignorou.

— Sim. Tínhamos uma moeda sobrando e precisávamos de farinha.

Uma chama de raiva se acendeu em seus olhos, e ele deu um passo na minha direção. Bryn o fez parar com uma mão tola em seu braço.

— Tennen, e nosso passeio?

Ele olhou para baixo para ela e, por um instante, eu vi seu desdém. Então, sua expressão se suavizou, e um sorriso curvou seus lábios.

— É claro. — Ele a pegou pelo braço e a levou pela estrada em direção à nossa casa.

Segui com minha farinha protegida nas mãos.

Quando chegamos à cabana, Tennen fez uma reverência de despedida e partiu sem olhar para mim de novo. Bryn entrou como se nada tivesse acontecido. Eu lhe dei a farinha e corri para a sala de estudo de Papai, satisfeita em ler até ele voltar para casa.

As horas se derreteram conforme eu devorava as palavras nas páginas. Havia parado de frequentar a escola há anos quando tinha, discretamente, corrigido Papai depois da aula, em relação a um dos conceitos matemáticos que ele estava ensinando. Depois disso, ele me deixava usar sua sala quando não estava em casa. Eu me lembrava de quase tudo que lia que me interessava, e tinha interesse em muitas coisas. O livro de botânica que ele usara para identificar a primavera me cativou até ele entrar em sua sala.

— Que visão adorável. Uma linda garota lendo um livro — ele disse. Nenhuma de minhas irmãs demonstravam muito interesse em livros, porém ele não as culpava por isso.

Coloquei um marcador no livro e o deixei de lado.

— Esquentei sua cadeira para o senhor — eu disse descaradamente.

Ele riu e me expulsou da sala, ocupando confortavelmente sua cadeira. Passei pelo quarto que compartilhava com minhas irmãs e vi Blye sentada na cama, costurando cuidadosamente minha camisa. A parte de trás não parecia nova, apenas menor. Não parei, sem querer saber o que ela teve que fazer para consertá-la, e fui para a cozinha. Bryn estava com os biscoitos no forno com a porta um pouco entreaberta para que ela conseguisse vê-los dourar. Uma batida soou à porta da frente, e nos encaramos por um instante antes de ela acenar para eu atender. Desejava minhas calças quando abri a porta.

— Benella — disse o padeiro. — Ainda adorável em seu vestido. Seu pai está em casa? Gostaria de falar com ele.

Minhas pernas tremeram. Eu sabia o tema da conversa que ele queria ter com meu pai, mas assegurei a mim mesma de que Papai entendia meu desgosto pelo homem.

— Entre — consegui falar sem gaguejar. Dei um passo para o lado e o deixei entrar na cozinha. — Aguarde aqui, por favor.

Deixando-o para criticar os biscoitos de Bryn, bati à porta de Papai. Sem aguardar sua permissão para entrar, entrei e fechei a porta rapidamente.

Papai olhou para cima surpreso. Ele ainda usava seu paletó e o lenço como gravata. Os trabalhos de seus poucos alunos estavam espalhados por sua mesa.

— Qual é o problema, minha querida?

— Ele está aqui — sussurrei em pânico. — O padeiro. Ele me viu neste vestido absurdo hoje. — Agitei a saia. — Agora quer falar com o senhor.

— Ah — Papai murmurou distraidamente. — Talvez, enquanto ele estiver na sala comigo, você possa dar um longo passeio e pular o jantar.

Assenti energicamente, gostando da forma como Papai pensava. O padeiro, agora que viera anunciar suas intenções, não partiria facilmente.

Abri a porta e chamei o padeiro. Dado o tamanho de nossa pequena cabana, ele não teve dificuldade em me encontrar. Apesar de dar passagem, ele ainda se esfregou em mim ao passar; e, desta vez, não consegui suprimir um arrepio de asco. Sua risada gutural baixa chegou a mim quando fechei a porta.

Andando rapidamente, verifiquei o progresso de Blye, esperando que mudasse antes de eu sair, mas ela ainda estava sentada no quarto costurando com cuidado. Na cozinha, Bryn retirava os biscoitos do forno.

— Posso pegar um? — perguntei, pegando minha bolsa do cabide.

Ela não falou nada sobre minha saída, apenas enrolou um biscoito em um pano e me entregou. Saí da cabana em silêncio, esperando que o padeiro não escutasse minha partida.

A floresta não parecia a mesma conforme eu perambulava debaixo de seus galhos balançando. As saias que rodeavam minhas pernas dificultavam minha caminhada. Eu tinha que evitar caminhos com espinhos e lama e fazia muito barulho ao me movimentar.

Quando finalmente cheguei ao ponto no muro da propriedade em que as pedras haviam caído, não vi nada para colher. Embora a caminhada tenha parecido torturantemente longa, duvidava que tivesse passado tempo suficiente para que o padeiro tivesse ido embora. Decidindo que uma caminhada no escuro não me perturbava, virei para o leste a fim de completar a volta no muro, no entanto, um som ao leste me fez parar.

A madeira rangendo e o cascalho sendo esmagado sob o ferro me fez olhar para o portão, onde uma carroça estava colocada com um tronco comprido como um mastro aguardando. O portão estava aberto e a carroça bem do lado de fora. Será que alguém da propriedade a tinha colocado para fora? Que carroça peculiar. Vi um emaranhado de trepadeiras recém-colhidas soltas na base do tronco e senti meu estômago se contorcer. O tronco, a carroça, as trepadeiras Já tinha visto isso antes quando os homens tentaram saquear a propriedade. Eles queriam amarrar a fera no tronco e queimá-la. Em vez disso, saíram correndo ou foram jogados da propriedade e tinham abandonado a carroça, a qual havia sido devolvida, mais tarde, para o ferreiro.

Virando-me para fugir, bati em algo sólido.

— Justamente a pessoa que queríamos encontrar — Tennen murmurou, segurando meus braços. — Achei mesmo que fugiria quando o padeiro bateu à porta.

Ergui o joelho para acertar sua virilha, mas minhas saias impediram o golpe, e apenas me ralei nele. Mesmo assim, ele se curvou um pouco, aproximando a cabeça da minha. Avancei, batendo a cabeça na dele. Suas mãos soltaram meus braços, e tentei correr. No entanto, o golpe que tinha dado contra sua cabeça dura fez efeito contra mim e cambaleei diretamente nos braços de Splane, que aguardava. Após testemunhar o abuso de seu irmão, ele me girou rapidamente para que eu ficasse de costas para ele.

— Vadia! — arfou Tennen, segurando o nariz com uma mão enquanto pegava as trepadeiras com a outra. — Espero que a fera te dilacere.

Seu soco repentino no meu estômago me pegou desprevenida. Mal notei Splane me soltando quando a necessidade de me curvar para respirar ocupava minha mente. Tennen segurou meus punhos com brutalidade, colocou-os para trás e os amarrou enquanto permaneci curvada de dor. Juntos, os irmãos me colocaram na carroça. Recuperei a respiração o suficiente para lutar, mas não adiantou. Eles me ergueram sobre suas cabeças e se esforçaram para amarrar o tronco aos meus braços presos.

— Idiotas — eu disse quando eles finalmente se afastaram, suando e com o rosto vermelho de tanto fazer força. — Vocês deveriam ter amarrado meus punhos depois de me colocar no tronco.

Eles me ignoraram e pularam da carroça. Eu os escutei grunhir quando começaram a empurrar a carroça pelo portão. *De novo não*, pensei, olhando o território da fera.

Desesperada, me inclinei para a frente para que meus punhos, ficassem apoiados na madeira, depois tentei colocar um pé no tronco, tentando me levantar e talvez escalar até o topo. Meu calcanhar escorregou nas minhas saias.

— Espero que a fera pegue vocês! — gritei para eles, sem mais me importar se ele ouviria o barulho que estávamos fazendo. Oh, eu ainda o temia, mas preferia que ele pegasse todos nós e não apenas eu. Talvez assim eu tivesse uma chance.

Eles riram quando a carroça parou de se mover. De frente para a propriedade, eu não via nada além de vegetação crescida e árvores. Me virei, tentando ver Tennen e Splane. Em vez disso, escutei o ranger do portão quando eles o empurraram para fechar.

— Não temos medo daquela coisa — Tennen disse, a uma distância atrás de mim.

— Palavras corajosas para homenzinhos que ficam do lado de fora do portão — eu disse. — Entrem e vejam se são tão corajosos. Façam seu próprio trabalho sujo em vez de esperar que alguém o faça para vocês!

— Alguém? Você quer dizer "alguma coisa". Esta é sua terceira vez, não é, Benella? Não vai nos incomodar de novo.

Tennen falava a verdade, e eu lutava contra as trepadeiras que amarravam meus punhos. A fera não perdoaria a terceira invasão. Eu me contorci, me torci e arfei conforme lutava contra as amarras. A dor consumia meus punhos a cada puxada e torcida frenética, e meus dedos ficaram escorregadios. Meu cabelo se soltou da trança comprida e se emaranhou diante de meu rosto, impedindo minha visão.

A risada de Tennen provocou a mim e às minhas tentativas patéticas até o som desaparecer abruptamente. Fiquei paralisada e tentei assoprar o cabelo de meus olhos. Por uma fração de segundo, tive um vislumbre de olhos escuros e pelo marrom antes de meu cabelo bloquear novamente minha visão. A fera. Ele estava ali, a meros metros.

As árvores escuras à nossa volta tinham ficado estranhamente silenciosas como se estivessem prendendo a respiração. O silêncio permitia que o ronco baixo do rosnado da fera ecoasse, envolvendo-me com sua ameaça.

Um arranhão contra o solo e um leve rangido de madeira foi todo o alerta que eu tive antes de a fera pegar a carroça e lançá-la para bater no portão. A parada repentina dos ossos se chocando fez meus dentes chacoalharem quando minha cabeça rebateu contra o tronco. A aceleração me mandou para a frente de novo, um empurrão repentino parou em meus punhos amarrados. As trepadeiras me consumiram mais profundamente, e grunhi de dor.

Atrás de mim, Splane gritou como uma menina antes de eu ouvi-los fugir correndo. Dei risada, grogue, enquanto meus ouvidos estavam surdos e o mundo girava devido à batida da minha cabeça.

— Duas menininhas, é isso que eles são. Eles que deveriam estar usando vestido — murmurei, encolhendo com a dor na base do meu crânio.

— Por que retornou? — perguntou uma voz brava com um rosnado profundo.

Ele falava? Com uma cortina de cabelo na frente e minha visão embaçada, fechei os olhos frustrada.

— Deveria ser óbvio, eu acho. Para morrer.

— Por que deseja tanto a morte? — a voz perguntou. Um pouco da raiva havia se esvaído e foi substituída por curiosidade.

— Acha que estou aqui porque quero? — Uma risada severa escapou de mim. — Não é meu desejo, mas o deles, de que eu morra.

Quanto mais eu ficava ali, mais meus ferimentos começavam a chamar atenção para si mesmos. Meus ombros doíam pela posição e pela colisão recente com o portão. Escorria sangue do meu punho e meu estômago se revirava com náusea. O silêncio dele juntamente com todo o resto tornou minhas palavras seguintes perigosamente descaradas.

— Eventos recentes me deixaram de mau humor, preferiria não perder mais tempo com conversa inútil. Dói tudo e acho que posso vomitar em breve, então, por favor, acabe logo com isso.

As trepadeiras em volta do meu punho se soltaram, e caí para a frente em algo duro, peludo e quente. Jogada por cima da fera, percebi, um instante antes de nos movermos.

Infelizmente, vomitei antes de desmaiar.

— ... deveria?

A voz estridente ultrapassou a névoa que embaçava minha mente, e pisquei os olhos e os abri para encarar o teto rústico de ripas que obscurecia acima de mim. Um rosnado preencheu o ar, e meu estômago se contorceu, não pelo rosnado, mas pelo gosto amargo na minha boca. Tive ânsia.

— Deixe-nos — a voz feminina comandou.

Uma porta bateu, e me virei de lado para vomitar. Uma mão gentil passou por meu cabelo, demorando-se no lugar atrás da cabeça onde tinha batido contra o tronco.

— Esse é o problema. Vamos sentar você.

Ela colocou um braço magro e duro atrás dos meus ombros e me ajudou a sentar. Lentamente, minha visão se clareou e uma expressão idosa e exausta preencheu o espaço diante de mim. O cabelo branco estava amarrado em um coque apertado atrás da cabeça e puxava a pele de seu rosto, suavizando algumas das rugas profundas. Seus olhos verdes brilhantes cintilaram para mim com bom humor.

— Diria que entrou no caminho de alguma coisa — ela murmurou, inclinando-se para perto, voltando sempre seu olhar a fim de estudar o meu. — É melhor ficar acordada esta noite. Vai se sentir enjoada, o que é normal. Beba um pouco. Não coma até seu estômago parar de se contorcer.

Sem misericórdia, ela me puxou para ficar em pé. O chão se inclinou e se levantou, e eu afastei as pernas para não cair.

— Garota esperta — ela disse com uma risada. — Que pena que ele a trouxe para mim. Não pode ficar aqui. Saia agora. — Ela me cutucou para ir em direção à porta.

O estômago que pensei estar vazio se embolou de novo, e deixei um presente em seu chão antes de conseguir passar pela soleira. Ouvi sua risada insultante antes de fechar a porta e o silêncio me envolver.

Esticando o braço, abracei a porta. A noite havia reivindicado o céu e a lua pela metade mal iluminava a área, não que isso me fizesse bem. A dor na minha cabeça enevoava minha visão. Como eu conseguiria voltar para casa, principalmente quando não sabia onde estava? Me lembrei do rosnado da fera e sabia que tinha que estar em algum lugar dentro da propriedade. Para o sul, então, era aonde deveria ir. Ergui a cabeça para a lua, tentando focar o bastante a fim de me orientar.

Dei um passo cambaleante para longe da porta, minha saia sibilando na grama. Com sete passos, cambaleei de novo, e meus olhos lacrimejaram. Meu estômago protestou, e desejei uma bebida gelada para lavar a boca. Em vez disso, recebi um rosnado.

— Vomite em mim de novo e você vai sofrer — ele disse antes de me colocar sobre o ombro. A grama voou por nós, e cerrei os dentes quando o sangue correu para minha cabeça e pulsou nas minhas orelhas. Minha visão se embaçou, e eu sabia que desmaiaria de novo e pensei se valeria como dormir. A fera sentiu alguma coisa, no entanto, porque parou de correr, e me vi parada em pé diante dele na luz sombria debaixo de uma árvore.

— O que ela disse? — ele perguntou.

Quando o mundo se inclinou, não tentei afastar as pernas. Em vez disso, deixei meus joelhos fracos cederem e sentei bruscamente no chão.

— Não dormir ou comer até meu estômago para de embolar. Beber um pouco e ir embora. — Resmunguei um pouco quando tentei ficar de joelhos e me levantei de novo, agravando a situação do meu estômago e o galo atrás da minha cabeça. Cuspi fracamente e deixei a cabeça cair.

— Correr de cabeça para baixou piorou — eu disse, lambendo os lábios.

— Está me culpando? — Seu rosnado baixo aumentou e estalou com ameaça quando ele se arrastou para perto de mim.

— Bom, foi culpa sua eu ter batido a cabeça no tronco. Antes disso, apenas meus punhos sangravam.

Ele rugiu em resposta, o que trouxe de volta o apito em meus ouvidos. Não dei muita atenção para sua raiva porque procurava um refúgio contra minha dor na grama fria e fechei os olhos.

— O que está fazendo?

— Dormindo.

— A bruxa disse para não dormir.

— E você acabou de rugir para mim. E daí? Se eu morrer, morri. Estou cansada de ser maltratada por você e pelos idiotas da vila. Se eu viver, que seja. Pelo menos, terei tido alguns segundos de paz.

Seus passos eram silenciosos, farfalhando a grama e arranhando a terra até parar atrás de mim. Deitada de lado com o rosto apoiado no braço, estava impedindo que a parte de trás de minha cabeça tocasse o solo, mas também deixava disponível para a inspeção da fera. Ele bufou, soprando meu cabelo para meu rosto. Então começou a lamber o galo que ele provocara.

Não consegui evitar o suspiro que escapou quando a dor diminuiu e o bolo no meu estômago sumiu.

— Obrigada — sussurrei.

Ele grunhiu e continuou lambendo por muito tempo. Sem a náusea, caí no sono.

Quatro

— CUÁ!

Me sentei rápido com o som alto no meu ouvido. Meu estômago protestou por terem sido exigidos, e tive um breve período de desorientação. Me lembrei da noite anterior e analisei à minha volta. A clareira sob a sombra apenas ostentava alguns penachos baixos de grama crescente nos arredores. Uma mancha clara crescia no meio onde o sol batia ao meio-dia, a exata mancha onde eu estava deitada antes até o corvo, pulando no solo a alguns metros de distância, me acordar de forma grosseira.

O corvo crocitou de novo para mim, mas o ignorei enquanto tentava ficar em pé. As dores da noite anterior pairavam em meus ombros e estômago, porém estavam ausentes em todo o resto, chamando minha atenção para a cabeça. Olhei em volta da clareira, no entanto, estava certa de que apenas o corvo e eu a entretíamos no momento.

Dada a perigosa e imprevisível natureza da fera, pensei que era melhor estar sozinha, e comecei a andar por entre as árvores com cuidado, seguindo em direção à área comum do portão. Assim que comecei a andar, o corvo alçou voo apenas para pousar em um galho à minha frente. Ignorei o pássaro pela maior parte do tempo, já que ele se mantinha quieto quando voava, mas escutava atentamente o restante da floresta conforme progredia lentamente pelas terras da propriedade.

Não fiquei surpresa quando vi o portão diante de mim e ele se abriu sozinho, a propriedade obviamente estava pronta para se livrar de mim. Quanto à fera, nenhum sinal dela. Enlameada e desgrenhada, consegui chegar em casa no começo da manhã.

Uma exaltação familiar me recebeu quando abri a porta da cozinha. Atrás de mim, ouvi um farfalhar furioso de asas, alertando-me a ignorar o olhar incrédulo de Bryn e rapidamente fechar a porta antes que o corvo irritante decidisse se convidar a entrar. Ele gritou para mim pela floresta toda.

— Benella — Bryn finalmente conseguiu gritar. — Papai esteve tão preocupado. — Ela estava em pé ao lado do fogão com um avental amarrado por cima do vestido. Ovos fritavam em uma frigideira e uma pequena caneca de leite de cabra fresco já estava em cima da mesa, esperando Papai.

A porta da sala de estudo se abriu, e Papai saiu correndo totalmente vestido para o dia, com uma expressão que confirmava a declaração de Bryn. Seus olhos me analisaram e o alívio apagou a preocupação.

— Quando falei para caminhar, não achei que fosse ficar fora a noite toda, filha — ele disse baixo, me vendo inteira e com saúde.

— Um imprevisto, com certeza — eu disse. — Me deparei com um pouco de terra e vou precisar de outro banho.

Bryn bufou um pouco, exasperada.

— Não posso pegar água para você de novo, Benella. Eu vou com Tennen para

— Bryn — Papai disse gentilmente. — Tenho certeza de que não vai ter problemas por ajudar com dois pequenos baldes, apenas o suficiente para tirar a terra do cabelo da sua irmã. — Enquanto ele falava, me rodeou e ergueu o cabelo atrás da minha cabeça.

— Com certeza esse imprevisto deve ter sido interessante — ele murmurou apenas para meus ouvidos.

Assenti bem discretamente, e ele se afastou de mim. Fiquei agradecida por não me questionar mais.

— Pelo menos o vestido permaneceu ileso — ele disse.

Blye pigarreou da porta do nosso quarto. Ela tinha se juntado a nós de forma tão silenciosa que eu nem a notara.

— A barra dele está manchada de lama. Não chamaria isso de ileso.

— Melhor que rasgado — Papai disse em um tom que não permitia discussão. — Benella, gostaria de falar com você antes de sair sobre uma tarefa que quero que faça. Você se importaria de ir para minha sala de estudo antes de tomar banho?

—Claro, Papai — eu disse, mais do que disposta a fugir dos melindres das minhas irmãs.

Ele me surpreendeu ao não perguntar sobre minha noite quando fechou a porta.

— Peço desculpas por pedir isso a você, mas preciso que entregue um recado para o Líder de Ponte Inundada o mais rápido possível.

O pedido me desmotivou. A caminhada de ida e volta demoraria a maior parte do dia, e dormir no chão na noite anterior fez tudo menos me deixar descansada. Porém, pensei comigo mesma, um dia inteiro sem nenhuma outra obrigação poderia ser bom. Endireitei os ombros, sentindo a dor nas articulações, e senti o estômago. Nada com que não conseguisse lidar. Então, assenti, concordando. Do lado de fora da janela, um corvo crocitou.

— Pegue sua camisa costurada com Blye. Tenho certeza de que ficará mais confortável com ela — ele disse. — Venha me avisar quando estiver pronta para sair.

Assenti e me arrastei para meu quarto em silêncio. Após fechar a porta com cautela, olhei em volta no quarto. Minha camisa estava estendida cuidadosamente no cobertor da minha cama estreita. Algo nela estava esquisito, mas não conseguia determinar o que era quando a peguei. Como sempre, as costuras de Blye eram pequenas e em linha reta, tornando impossível de ver onde ela havia feito a mudança. Tirei o vestido e coloquei as calças e o sutiã.

— Você provou? — ela perguntou impaciente.

Me virei de costas para o corvo atrevido e balancei os ombros para vestir a camisa. Coube, mas ficou folgada nos ombros na parte de trás. Franzindo o cenho, fechei a frente e comecei a abotoá-la de baixo para cima, notando o problema imediatamente. Os botões da camisa se tensionavam para fechar o buraco entre os dois remendos da frente e criavam pequenos espaços pelos quais qualquer um conseguiria ver meu sutiã e minha barriga.

Com a óbvia decepção no meu rosto, olhei para ela. Sua expressão permaneceu impassível.

— Bom, eu tentei. O tecido que eu tinha não combinava, e você iria parecer um patchwork. Talvez Papai possa economizar para comprar um novo. Até lá, você tem o vestido.

Fiquei encarando-a enquanto ela saía do quarto e fechava a porta. O vestido? Em um transe incrédulo, atravessei o quarto para um dos baús que ficavam no chão aos pés da cama maior que Blye e Bryn compartilhavam. Havia um baú para cada uma das minhas irmãs, presentes de nossa mãe, que morrera antes de dar um para mim. Ela queria que fosse um lugar para guardarmos as coisas que coletaríamos para nossa própria casa.

Com cuidado, ergui a tampa do baú de Blye, olhei os quilômetros de tecidos dobrados empilhados perfeitamente um em cima do outro e as variedades de comprimentos de fita em cima deles. Linhas de diversas cores estavam enroladas em retrós estreito. Debaixo dos retrós, um simples pedaço de tecido de algodão da cor creme repousava ali esquecido ao lado dos tecidos finos bem coloridos. Eu gostaria de pensar que Blye não tinha visto o tecido; mas, dobrada e amarrada com um barbante, estava a parte que ela retirara da minha camisa ao lado dele. Ela tinha razão. As cores não combinavam muito, mas ela tinha material suficiente para me fazer uma nova camiseta se quisesse. Magoava saber que ela não podia me dar nada quando eu havia lhe dado tanto.

Uma batidinha na janela me distraiu; e fechei a tampa gentilmente, deixando o conteúdo intocado. O corvo abria e fechava o bico muitas vezes sem fazer nenhum outro som e, então, saiu voando do peitoril, me deixando em paz.

Chacoalhei e passei a mão no vestido para tirar o máximo de terra que consegui, estiquei-o na cama e fui para a cozinha me lavar. Havia duas chaleiras no fogão na cozinha vazia. Peguei um pano e testei a água. Ainda fria. Achando estranho, verifiquei o fogo. Bryn nem tinha colocado madeira para aquecer a água. Suspirei e comecei a me lavar com água fria, limpando minha pele, mas deixando de enxaguar o cabelo. Em vez disso, depois que terminei e coloquei o vestido, escovei o cabelo e fiz outra trança.

Quando fui jogar a água no jardim dos fundos, vi o corvo me observando do topo do casebre em que ficava a cabra e algumas ferramentas de jardim. Ele estava me observando de perto, o que era mais perturbador do que o crocitar de antes. Semicerrei os olhos de propósito para ele antes de entrar.

Enfim pronta, bati à porta da sala de estudo de Papai. Ele estava parado diante da janela, olhando para o nada quando entrei, mas rapidamente se virou e me entregou uma carta selada.

— Tente voltar para casa antes de escurecer e me poupe de mais uma noite de preocupação, Bini — ele disse baixinho, beijando minha bochecha.

Assenti e dei um passo para o lado a fim de deixá-lo passar. Obviamente, ele estava me esperando para poder sair para a escola e tocar o sino para chamar seus pupilos.

O corvo me seguiu conforme me afastei da cabana, na direção nordeste para a estrada. Queria seguir para o norte o máximo que conseguia para não ter qualquer possibilidade de me deparar com Tennen ou Splane. Imaginei que, a esta hora, Tennen soubesse que eu havia voltado para casa, graças a Bryn, e pensei em qual seria sua reação.

Perdida nos meus pensamentos, continuei minha jornada até o corvo voar em mim pela esquerda, me dando uma raquetada na cara com sua asa. Ergui os braços para me proteger, me virei de costas, instintivamente dando passos bem largos para me afastar dele. Até agora, o corvo tinha apenas me seguido; a violência de seu ataque repentino me deixou com o coração acelerado e confusa. Eu não tinha comida comigo para lhe dar para ele ficar me seguindo, embora a jornada prometesse ser longa e cansativa.

Ele recuou, e eu arrisquei abaixar os braços para procurá-lo. Havia pousado em um galho não muito longe à minha esquerda. Ele inclinou a cabeça, me analisando intensamente. Cautelosa, fiquei bem longe e tentei ir na direção nordeste de novo. Toda vez que eu mudava o mínimo que fosse para a direção oeste, ele voava em mim.

Incomodada, segui para o norte em direção à propriedade. Ele me seguia de perto, me escoltando para o portão, que abriu quando me aproximei. Parei e olhei para o corvo.

— Realmente acho que já testei bastante o destino. Acho que você não me deixaria em paz se eu não continuasse.

Ele crocitou bravo, e eu suspirei, olhando para seu bico pontudo. Torcendo para que o humor benevolente da fera permanecesse intacto à luz do dia, entrei pelo portão. Assim que ele se fechou atrás de mim, o corvou voou para o norte em direção ao centro da propriedade. Nervosa, fiquei parada perto do portão, relutante em arriscar aumentar a ira da fera ao ir além.

Após muitos minutos, os pequenos barulhos não identificados feitos pela vida selvagem nos arredores se silenciaram. O ar tipicamente enevoado se escureceu, dificultando ver mais do que a alguns metros além de onde eu estava. Ouvi o corvo crocitar por perto, o barulho agudo se derreteu com a névoa.

— Você voltou. — O rosnado desencarnado da fera flutuou até mim.

Ficando onde estava, lentamente analisei as áreas mais escuras diante de mim.

— Não tive escolha. Acho que seu corvo teria arrancado avidamente meus olhos se eu não tivesse obedecido seu direcionamento.

O silêncio me respondeu. Será que eu tinha entendido errado? O corvo não era seu mensageiro? Meu estômago se agitou, e meu olhar se lançou de um objeto sob a sombra para outro enquanto tentava discernir qual poderia ser a fera. Após alguns instantes me esforçando para enxergar ou escutar qualquer indicação de que não estava sozinha, falei, corajosa.

— Estou bem disposta a deixá-lo em paz se puder, gentilmente, convencer o portão a se abrir.

— Antes de ir, pode me pedir uma coisa de que precisa que eu consiga encontrar dentro dos muros da minha propriedade — ele disse com um estrondo baixo.

Minha boca se abriu. A última coisa que eu esperava era generosidade da fera.

— Eu agradeço a oferta — disse devagar — , mas já peguei muita coisa de sua propriedade.

— Está desprezando minha oferta?

O rugido de sua raiva me ensurdeceu temporariamente e assustou os pássaros que estavam pousados por perto. Esfregando as orelhas, tentei assegurar-lhe apressadamente.

— Desprezando, nunca. A oeste, uma parte de seu muro desmoronou e normalmente aquela área tem uma colheita pequena de raízes independente da época do ano. Para minha vergonha, nunca desprezei a abundância de sua propriedade. Costumava pegar sempre sem pedir até finalmente parar de crescer. Então, veja, não posso mais aceitar.

Um grunhido irritado soou à minha direita, mas, quando me virei naquela direção, não vi nada.

— Mesmo assim, me peça uma coisa de que precisa. Só assim o portão vai se abrir.

Me incomodei com sua insistência teimosa. Por que eu precisava pedir alguma coisa? Talvez fosse um truque e, se eu pedisse a coisa errada ficaria presa na propriedade para sempre. Ele tinha dito algo na propriedade de que eu precisasse. A necessidade deveria ser o segredo. Se Blye estivesse diante dele, ela diria que precisava de algo tolo como linha ou tecido, mas eu sabia que nenhum desses eram uma necessidade.

— Não consigo pensar em nada de que precise. Sempre tivemos comida suficiente para não passar fome e um teto que nos aquece e nos mantém secos.

— Não me importo com sua família — ele disse seco. — O que escolher deve ser para você e apenas você. Está me fazendo perder tempo. Isso não é um enigma para discutir e ser desvendado — ele berrou, me fazendo pular.

Em silêncio, mordi o lábio. Estava na ponta da língua pedir por uma camisa masculina. Até abri a boca e fiz um barulhinho antes de fechá-la de novo quando um pensamento surpreendente me impediu. Podia ouvir sua agitação crescendo à medida que seu rosnado aumentava.

— Refúgio — sussurrei.

O rosnado parou.

— O que quer dizer?

— Você quer que eu peça uma coisa de que preciso de dentro da propriedade. Estou pedindo refúgio para quando precisar.

Atrás de mim, o portão se abriu. Me virei e corri para a saída, sem aguardar sua resposta. O crocitar do corvo me seguiu pelas árvores até eu chegar a um ponto onde não existia mais névoa.

Perto da estrada, parei para me curvar e recuperar o fôlego. Havia entrado na propriedade por quatro vezes e saído com vida; e agora, com a oferta dele, tinha garantido minha segurança se um dia entrasse por aquele portão de novo.

Após alguns minutos, enxuguei o suor que se acumulara na testa e comecei minha jornada. A carta de meu pai estava dentro de minha bolsa que ficava batendo no meu quadril. Desejava ter algo onde pudesse armazenar água, porque precisava extremamente de uma bebida, e minha jornada tinha acabado de começar.

Lembrando-me do pedido de Papai de voltar antes de escurecer, alonguei minhas passadas e segui a estrada para o nordeste.

O barulho da água corrente anunciava o rio Deliichan, que delimitava a vila Ponte Inundada no topo da montanha. Ansiosa para entregar o recado, andei mais rápido para fazer a última curva na estrada e ver o primeiro sinal da ponte escorregadia. No inverno, o espirro da água batendo nas rochas abaixo congelava as pranchas grossas de madeira e criava uma passagem traiçoeira.

Desde que todo mundo se lembrava, sempre houve água na ponte, que é o motivo para o nome do vilarejo. Eles tentaram mudar a ponte, mas o rio não tolerava bem pontes adicionais, e elas geralmente desabavam logo depois de serem feitas. Apenas essa permanecia firme com pouca necessidade de reparo.

Devido à precariedade da ponte, muitos caixeiros-viajantes finalizavam suas rotas em Ponte Inundada, sem se incomodar em trocar com Konrall. O padeiro fazia a jornada uma vez por mês para obter sua farinha do moinho enquanto o funileiro apenas vinha até aqui quando ficava com pouquíssima matéria-prima. A costureira e o produtor de vela faziam negócio com o único caixeiro-viajante que ainda atravessava a ponte.

Meus passos ecoaram nas pranchas e gotículas pousaram em minhas bochechas conforme atravessei. O moinho estava imponente assim como uma sentinela alta do outro lado do rio, seus andares altos pairavam a alguns metros acima da água, estáveis nas palafitas grossas bem afundadas no leito do rio. A roda hidráulica que girava a pedra amoladora trabalhava lentamente na corrente rápida, mas eu conhecia seu poder e o pó fino em que se transformava.

A estrada do outro lado do rio sofria de sulcos profundos devido ao constante tráfego da cidade para o moinho. Tomei cuidado ao atravessar pelo acostamento para que conseguisse ver o comércio movimentado sem medo de ser atropelada por um cavalo ou uma carroça. Havia muita coisa para se observar.

Ponte Inundada apresentava maior variedade de trocas do que Konrall, incluindo coisas que uma dama não deveria ver. No entanto, sem a companhia de meu pai, aproveitei para observar as mulheres da cervejaria, as quais eu sabia que, se perguntasse, faziam mais do que apenas servir uma bebida.

Uma morena alta ria alto, jogando a cabeça para trás e expondo seu pescoço. Isso a deixava bonita, esticando as linhas de sua pele flácida e dando um rubor natural para sua pele manchada. Seu cliente, um homem tranquilo enquanto bebia cerveja em uma mesa, olhava seu peito com interesse. O vestido dela empurrava o topo de seus seios pálidos para cima à mostra assim como meu vestido fazia.

O homem se esticou e a puxou para perto com um puxão em sua saia. Ela se inclinou para baixo a fim de ouvir o que ele tinha a dizer, e ele enterrou o rosto em seu decote. Ela riu mais conforme passei por eles.

A cena me deixou distintamente desconfortável com minha própria exibição, mas persisti e segui em frente, sabendo que a casa que eu procurava era bem respeitável. O sr. Jolen Pactel, o Líder atual, morava depois da Casa das Irmãs Sussurrantes, o que eu achava divertido já que o objetivo dele era manter a paz e o delas era trazer a paz, mas de maneiras completamente diferentes. Como Líder, o sr. Pactel estabelecia disputas e julgamentos no lugar do Lorde, um companheiro ausente por quase cinquenta anos. O título de Líder não era eleito, mas herdado; e a família Pactel se mantinha no cargo de Líder pelos últimos quarenta anos com administrações justas. A Casa das Irmãs Sussurrantes trazia paz, com um cliente de cada vez, com sua fumaça doce, seu rosto velado e seus corpos revelados.

Sem nada para trocar e sem moeda, sofri com os aromas deliciosos de ensopados ferventes e massas assando conforme andava pelo mercado. A fumaça enjoativa da Casa das Irmãs Sussurrantes enevoou minha mente por um tempo quando tive um vislumbre de um tronco pálido e esguio com o rosto coberto com um véu cinza através de uma janela.

Longe do barulho do comércio, entrei por debaixo do muro de pedra arqueado que limitava o sobrado do Líder. Depois de uma única batida, a porta grossa de carvalho se abriu, e um homem bastante armado me recebeu com um olhar impassível.

— Bom dia. Tenho um recado do sr. Benard Hovtel de Konrall para o Líder.

O homem deu um passo para o lado e permitiu que eu entrasse. Entrei rapidamente no lugar espaçoso e admirei o piso lixado e liso coberto com um tapete bonito. Flores primaveris decoravam a mesinha de canto, aromatizando o ar com um cheiro doce.

— Por aqui — o homem murmurou, levando-me para uma salinha perto dos fundos da casa.

Um homem menor estava sentado atrás de uma escrivaninha ali. Sentado em uma cadeira no canto perto da porta pela qual entramos havia outro homem bem armado. Entendia o negócio do Líder e sabia que eram necessários homens fortes o suficiente para ajudar a manter a paz.

— Ela tem uma mensagem para o Líder — o homem anunciou atrás de mim assim que entramos na sala. Sem aguardar uma resposta do homem detrás da mesa, minha escolta saiu.

O homem baixo e magro na mesa olhou para cima, para longe de seus papéis e, com um sorriso agradável, levantou-se ao me ver.

— Bom dia, querida — ele me cumprimentou. — O sr. Pactel está ocupado no momento, em outro lugar de Ponte Inundada. Posso ser de alguma ajuda?

— Não tenho certeza — eu disse hesitante. — Meu pai me enviou aqui para entregar este recado ao sr. Pactel.

Enfiei a mão na bolsa, ouvi o homem no canto se movimentar atrás de mim e, rapidamente, tirei a carta selada. Quando olhei por cima do ombro, o homem estava acabando de se sentar de novo na cadeira, me observando criticamente.

— E você é?

— Desculpe — eu disse, lembrando de falar. — Benella.

— Sou Tibit. Se importaria se eu lesse a carta?

Ele não tentou pegar a carta que eu segurava, deixando-me decidir primeiro. Como eu não fazia ideia de seu conteúdo, não sabia o que dizer. Embora meu pai confiasse em mim, pelo menos eu pensava que sim, ele sabia até que ponto eu conseguia proteger sua carta e com certeza não escreveria nada que tivesse importância significativa.

— Acho que não tem problema, sr. Tibit.

— Me chame apenas de Tibit — ele disse educadamente, pegando a carta. Quebrou o selo e leu seu conteúdo. — Ah, sim. O professor da escola.

— Meu pai — esclareci.

— Diga ao seu pai que a oferta ainda é válida, e ficamos felizes de saber que ele finalmente a está considerando.

Com isso, ele voltou para sua mesa, efetivamente me dispensando sem oferecer nem um refresco ou mais alguma explicação. Não expressei minha decepção e lhe agradeci por seu tempo antes de sair. Uma dica sobre a oferta que meu pai tinha falado teria sido legal, mas uma bebida teria sido muito mais bem-vinda.

Após um tempo na estrada, o chacoalhar e o tinir de uma carroça soaram à frente. Com cuidado, fui para o lado. Era raro ter trânsito em Konrall, e eu não sabia o que esperar. Talvez o padeiro estivesse indo para o moinho comprar sua farinha. Saí rapidamente da estrada. A névoa me recebeu quando entrei no meio das árvores na direção do muro. O barulho da carroça aumentava quando ela se aproximava.

Olhando por entre as árvores, suspirei de alívio quando vi a carroça do caixeiro-viajante, mas não saí para cumprimentá-lo. Não queria assustar os cavalos. Exausta, andei o resto do caminho para casa para chegar antes do jantar e antes do retorno de Papai.

— Aonde Papai te mandou? — Bryn perguntou, abrindo a porta da cabana antes de eu poder bater.

— Por favor, irmã — eu disse. — Estou cansada, com sede e faminta. Me deixe entrar para que possa sentar.

Ela fez careta para mim, mas foi para o lado para que eu pudesse entrar na cabana escura. O céu havia escurecido bastante durante minha volta para casa e, agora, um cobertor denso e cinza claro de nuvens tampava o sol. Sem velas para usar, Bryn tinha acendido o fogo na lareira para tentar iluminar a cozinha. Me sentei em uma cadeira e suspirei quando ela se sentou diante de mim.

— E então?

Não que eu pensasse que minha irmã fosse me esperar. Só achei que ela teria a gentileza de me oferecer uma bebida depois de saber que estive fora o dia todo. Cansada, me levantei e eu mesma peguei um copo de água.

— Benella. Sério, onde estão seus modos? Estou lhe fazendo uma pergunta — ela disse.

— Ponte Inundada — consegui dizer entre os goles.

— Que injusto — Bryn gritou.

Blye entrou no cômodo saindo de nosso quarto, com dois pedaços de tecido nas mãos e alfinetes na boca. Bryn viu a confusão em seus olhos e explicou.

— Papai enviou Benella para Ponte Inundada. — Bryn se virou para mim. — Nós duas somos mais velhas. Deveríamos poder ir.

Coloquei o copo na mesa, rindo.

— Vocês teriam andado vinte quilômetros e voltado em um dia sem comida ou água? Aposto que não.

Bryn teve a decência de parecer envergonhada.

— Pensei que Papai tivesse lhe mandado de carroça.

— Com que dinheiro? — eu disse irritada. Seu rosto ficou vermelho, e os olhos de Blye se arredondaram. — Estou cansada — disse rapidamente antes que ela pudesse responder. Me virei para ir para nosso quarto.

Blye cuspiu os alfinetes em uma das mãos.

— Você não pode entrar aí. Estou usando sua cama para fazer o molde do meu vestido. — Olhei para ela. Usando minha cama para fazer outro vestido novo para si mesma? Talvez, se eu não estivesse tão cansada, meu comportamento teria sido brigar, mas não conseguia encontrar energia.

Em vez de responder, me virei e entrei na sala de estudo de Papai, fechando a porta. A cadeira dele não era muito confortável para se dormir, mas o tapete diante de sua lareira funcionaria para mim. Me deitei no chão e fechei os olhos.

Cinco

— Bini, filha, acorde — Papai disse baixinho, tocando meu cabelo.

O ombro pressionado no tapete doía de frio, e parecia que meus olhos estavam ardendo e tinham areia dentro quando pisquei para abri-los. Do lado de fora, o vento soprava, balançando os galhos, e uma leve brisa descia pela chaminé na sala de Papai.

— Venha comer um pouco de sopa quente — ele encorajou, me ajudando a levantar.

Na cozinha, Bryn e Blye esperavam à mesa. A visão incomum me fez parar. Elas nunca me esperavam para jantar. Assim que me sentei, Bryn começou a servir uma sopa cremosa de vegetais.

— Presumo que tenha corrido tudo bem em Ponte, Bini? — Papai perguntou enquanto eu aguardava.

— O Líder não estava, mas Tibit disse que ficaram felizes pelo senhor estar considerando a oferta.

— Que oferta? — Blye perguntou.

— Uma vaga de professor particular.

Bryn parou com a concha cheia.

— Foi nessa que o senhor pensou antes de nos mudarmos para cá, não foi? Quatro anos é bastante tempo para uma vaga continuar aberta. O que tem de errado com ela?

— A vaga é boa. O pagamento é um pouco mais do que ganho agora — ele nos assegurou.

Observei os olhos das minhas irmãs brilharem com animação, mas eu fiquei desconfiada.

— Então por que o senhor não aceitou há quatro anos? — perguntei.

Bryn serviu a sopa para todos. Preencheu o vazio no meu estômago e aqueceu meu sangue.

Ele deu um sorrisinho triste.

— A cabana não tem espaço para uma família de quatro. — Antes que minhas irmãs pudessem perguntar como ele queria que morássemos lá se não havia espaço suficiente para todos nós, ele complementou: — Mas agora vocês estão na idade de se casar.

Blye juntou as mãos com um sorriso enorme.

— Então o senhor aceitou o pedido do padeiro por Benella?

Meu estômago caiu, e a sopa que havia engolido recentemente amargou nele. Claro que ele não me obrigaria a me casar com o padeiro depois do que contei a ele.

— Benella ainda é muito jovem para se casar, assim como vocês eram muito jovens na minha mente há quatro anos.

A expressão de Blye ficou dura.

— Claro que não espera que uma de nós se case com o padeiro.

— Não vou obrigá-las a se casar com quem não queiram. Dito isso, há alguém com quem vocês queiram se casar?

— Eu aceitaria Tennen se ele pedisse — Bryn disse recatada.

— Temo que essa união não a deixaria feliz, minha querida. A família Coalre está sem dinheiro como o resto de nós, e eu não gostaria que se casasse com falsas ideias ou esperanças — ele disse calmamente entre as colheradas do caldo.

Fiquei focada na minha própria comida, mas, de canto de olho, vi o rosto da minha irmã ficar vermelho com as palavras duras de Papai. Parte de mim queria animá-lo com sua crítica suavemente dita da natureza superficial dela, mas esmaguei essa parte, sabendo que seria grosseira com Bryn. Como Papai disse, ela trabalhava duro, a maior parte do tempo, para fazer da cabana um lar. O que aconteceria se ela e Blye se casassem? Quem iria costurar e cozinhar para Papai? Eu conseguia fazer uma comida boa se a pessoa não se importasse com falta de variedade. Costurar me entediava mais que tudo, mas eu sabia costurar uma linha reta. Nunca tive a habilidade de Bryn ou Blye. A menos que meu futuro marido fosse um alfaiate, não via por que minha falta de habilidade importaria.

— Se não tiver preferências, gostaria de anunciar sua intenção de se casar e ver que ofertas receberemos — Papai disse no silêncio.

— Quando? — Bryn sussurrou.

— Pela manhã, vou falar com o padeiro. À tarde, o restante da vila deve ficar sabendo.

Um fazendeiro cuidador de ovelhas de rosto achatado veio do sul para fazer uma oferta por Blye depois que Papai chegou em casa. O homem baixo e musculoso falou claramente de sua necessidade por alguém que soubesse tecer e costurar bem e prometeu ser um homem gentil e tímido. Dada sua propensão a olhar para o chão quando falava com Blye em vez de olhar para ela, concordei com sua autoavaliação. Após ouvir sua oferta, Blye gentilmente recusou.

Bryn consolou Blye depois que o homem saiu, dizendo que pelo menos alguém tinha vindo fazer uma oferta. Embora Papai tivesse descartado Tennen, tinha certeza de que Bryn ainda tinha uma pequena esperança de que ele apareceria e faria uma oferta para ela mesmo assim. Ela serviu outro jantar de sopa de vegetais em silêncio; e eu sabia que, com ou sem vestido, precisava tentar colocar armadilhas no dia seguinte.

Saí da cama durante o amanhecer quando os pássaros cantarolavam antes do amanhecer. Balancei o vestido e franzi o cenho quando vi a cor azul-clara suja. Precisava de uma lavagem desesperadamente, mas eu o vesti de qualquer forma e saí pela porta antes de Papai se levantar da cama. O ar frio fez minha pele arrepiar; e andei na direção da propriedade, armando, com cuidado, armadilhas pelo caminho, para verificar a terra encantada que saía dos muros.

Quando cheguei à região áspera do solo, não fui desapontada pela terra infértil. Uma única fileira de nabos despontava discretamente pela extensão, começando da ponta até a pedra tombada. A fileira não parava ali, mas continuava com raízes grandes de nabo deitadas nas laterais das pedras e adentro da floresta escura, um convite muito óbvio que me fez pensar estar muito errado. Olhei para as raízes enquanto mordia o lábio inferior. Meu estômago roncou. Eu queria a comida, não tinha dúvida disso, porém não estava disposta a cair em algum tipo de armadilha, que, para mim, era o que parecia ser. Me lembrei de todas as outras vezes que colhi ali e andei pela fronteira, procurando arrancar qualquer generosidade que conseguia encontrar.

Procurei na minha bolsa e minha mão tocou uma fita solta que eu usava para amarrar o cabelo. A cor tinha se apagado e as pontas estavam desgastadas, mas eu a joguei no chão mesmo assim.

— Não é muito, mas é tudo que tenho — sussurrei — pelas coisas que peguei no passado. Obrigada.

Antes de mudar de ideia, ou de minha fome mudá-la por mim, saí correndo. Atrás de mim, ouvi as trepadeiras se moverem e corri mais rápido, torcendo para que a propriedade não tivesse rancor de tudo que eu tinha pego. Era a única explicação que eu tinha para seu comportamento esquisito.

Eu deveria saber que não poderia ganhar da magia. As trepadeiras voaram pelo chão e me pegaram pelos tornozelos enquanto outras se esticavam para baixo de alturas elevadas como um dossel para se enrolar em meus braços e me erguer.

— Por favor — sussurrei quando elas me balançaram em direção ao muro. — Não quis ofender.

À frente vi o nabo preencher a terra e o muro desmoronado. As trepadeiras não me colocaram ali. Continuaram me chacoalhando para a frente por cima do muro e de volta para as árvores cobertas por uma névoa escura enquanto o céu começava a clarear. Finalmente, diante de um tronco largo cheio de nós na beirada de uma lagoa, elas me soltaram. Caí nas águas que iam até a cintura e fiz uma careta. Pingando, me levantei com as saias pesadas.

— Vestido desconcertado — murmurei, me esforçando para chegar à borda.

A árvore gemeu, um barulho baixo de madeira esfregando em madeira, então deu várias craqueladas conforme a superfície do tronco começou a se mover. Parei de andar e fiquei paralisada de joelhos na água para observar com os olhos arregalados enquanto um rosto se formava na madeira. Olhos cortados bruscamente na madeira olharam para mim, e um nariz enorme se franziu como se os olhos não pudessem acreditar no que viam. Abaixo do nariz, uma boca grande se abriu lentamente, parecendo que a árvore estava se quebrando e prestes a tombar. Em vez disso, ela falou.

— Ensine-o — ela disse em uma série de craqueladas e gemidos. As folhas acima tremiam com seu esforço.

— Quem? — sussurrei, o medo e o choque tinham roubado o volume da minha voz.

— Nos liberte — ela continuou como se não me ouvisse. O tronco se inclinou para a frente de novo quando a boca se fechou e o nariz se afundou de volta, deixando apenas os olhos cortados até eles também se fecharem e sumirem.

Olhando em volta pela floresta, esperei, mas nada mais aconteceu por muitos minutos. Tremendo, saí da água e voltei para o muro. Desta vez, peguei os nabos, cada um deles.

Com as armadilhas, consegui pegar dois coelhos, o que me deixou feliz até eu pensar em como tirar a pele deles sem sujar meu vestido. Depois que me encharquei, ele estava limpo de novo. Enquanto eu contemplava meu dilema, continuei a ir para casa, feliz em ver uma luz fraca na janela da cozinha. Bryn se dispôs a se render ao avental, apenas erguendo uma sobrancelha para meu estado molhado, e fui trabalhar, ansiosa para comer o coelho no café da manhã.

Papai saiu de sua sala conforme eu entregava o vestido para Bryn junto com seu avental agora sujo.

— Papai, o senhor conhece a história da propriedade? — perguntei, ignorando o olhar impertinente de Bryn.

Ele balançou a cabeça.

— Só o que sabemos dos aldeões, que a fera protege a propriedade para o Lorde para prevenir roubos e outras coisas — ele disse distraído, procurando algo para comer em nosso armário de comida.

Ele tinha razão. A informação que ele tinha não era diferente da que eu já ouvira. Quando nos mudamos para cá, eu era muito nova e não me importava com a fera ou a propriedade além da necessidade de ficar longe deles. No entanto, já que a propriedade e a fera pareciam se interessar por mim, eu precisava aprender mais.

— Vou levar um pouco do coelho para a escola quando ficar pronto, se quiser — disse a ele.

Ele assentiu em agradecimento e saiu enquanto me aproximei do fogão para me secar e aproveitar o cheiro da carne sendo cozida. Bryn saiu para tirar leite da cabra e ver se nossa única galinha tinha botado ovo. No silêncio aquecido, pensei em quais aldeões poderiam saber mais sobre a propriedade ou a fera. A senhorita Medunge, irmã do padeiro, adorava fofocas e provavelmente sabia tudo sobre todo mundo, mas eu não queria arriscar me encontrar com o padeiro. O açougueiro não morava ali por mais tempo que nós, e a costureira não parecia ter interesse algum em outra coisa a não ser seu tecido e seus clientes. Os Coalre estavam fora de cogitação por motivos óbvios. Então sobrou o produtor de vela.

Depois de levar um prato coberto para Papai, com cuidado, corri para o produtor de vela. Ainda não tinha encontrado Tennen ou Splane depois da última tentativa deles de que a fera me matasse, e queria me manter assim.

O sino do produtor de vela acima da porta soou quando entrei depois de uma batida rápida na porta. Ele olhou para cima com um sorriso.

— Não pensei que fosse vê-la tão cedo — ele disse. — Mas fico feliz que esteja aqui. Tenho uma coisa para a senhorita. — Ele se levantou com um grunhido e mexeu em uma prateleira baixa no fundo da sala. Em cima da tábua áspera, uma moeda de prata brilhava à luz do dia. Ele a pegou da madeira entre os dedos indicador e médio e a mostrou para mim, com um sorriso empolgado.

— Timmy não conseguia acreditar na vela de primavera — ele disse, me entregando a moeda, a qual eu peguei relutante. — Se encontrar mais flores, traga para mim e haverá mais prata para a senhorita — ele prometeu.

Segurei a moeda, mas não me virei para sair.

— Eu estava pensando se o senhor poderia me contar um pouco da história da propriedade. Ou, talvez, um pouco sobre a fera.

— Alegraria o resto da minha manhã se a passasse lhe contando histórias da minha juventude. Mas, venha, sente-se. Não posso me esquecer de trabalhar enquanto falo.

Ele colocou outra cadeira perto de sua mesa de trabalho, e eu me sentei com ele. A cabana do produtor de vela sempre era agradavelmente quente. Ele verificou seus barbantes e começou sua história.

— Eu tinha mais ou menos sua idade quando o Lorde desapareceu, mas me lembro dos anos anteriores muito bem para ficar feliz por sua ausência. Ele era um homem muito mais preocupado com seus próprios prazeres do que com o das pessoas que esperavam que ele as protegesse e fizesse justiça. Justiça — o produtor de vela zombou. — Naquele tempo, era uma brincadeira. O Líder de Ponte usava seu cargo para mentir e humilhar as pessoas de quem ele não gostava. O Lorde não fazia nada. Não conseguia. Estava ocupado demais pulando de cama em cama, sem se importar com quais mulheres as ocupavam com ele.

Fiquei quieta, temendo que ele se lembrasse de sua plateia e parasse de contar tudo.

— Eu não deveria dizer isso — ele disse. — Ele se importava, sim. Com as bonitas. Jovens. Velhas. Solteiras. Casadas. Ele não fazia distinção. — Ele bufou desgostoso. — Estou me adiantando. A propriedade está ali há mais de trezentos anos e foi passada de pai para filho. Enquanto o pai do último Lorde vivia, as coisas eram pacíficas e prósperas. Depois que seu pai morreu, o Lorde começou sua safadeza. Sua mãe, também muito envergonhada de seu filho, se mudou para o sul e morreu lá não muito tempo depois. O jovem Lorde só se afundava mais em sua depravação. As coisas estavam chegando a um ponto em que eu estava pensando em me mudar para o sul também — os lordes do sul são bons com seus inquilinos —, mas então ele desapareceu. Simplesmente parou de ir aos vilarejos. Parou com a safadeza. O Líder foi à propriedade mas a viu vazia. Pensou em ganhar um dinheirinho com ela e pegar algumas coisas, e essa foi a primeira vez que a fera apareceu. Oh, aquele Líder correu pela estrada, até aqui, gritando desesperado. Precisou de muitos homens para o segurarem e jogarem cerveja goela abaixo até ele se acalmar o suficiente para contar o que aconteceu. Claro que ninguém acreditou nele, e um grupo foi até a propriedade para ver com os próprios olhos.

Ele buscou na memória.

— Foi quando a lenda da fera realmente começou. O Líder voltou para Ponte, mas, logo, veio todo tipo de gente interessada em tentar matar a fera para pegar o tesouro do Lorde. Porém, aquela fera a protegia de uma forma feroz. Muitos homens morreram tentando passar pelo portão. Conforme o tempo passou e o fluxo de metidos a ladrõezinhos baixou, algumas pessoas conseguiram entrar pelo portão, mas nunca foram muito longe. Acho que a fera sabia que eram apenas curiosos na maioria das vezes e não os machucou. Mas aqueles que voltam uma segunda vez, bom, ele não as trata bem.

— E o Lorde? Para onde ele foi?

— Alguns dizem que ele foi para o sul para lamentar a morte de sua mãe, mas cinquenta anos é bastante tempo para luto. Não, acho que ele está na propriedade — ele disse baixinho. — Acho que ele nunca partiu. Aquela fera o mantém preso na propriedade assim como mantém as pessoas para fora. Só não consigo descobrir por quê.

Eu lhe agradeci por seu tempo e, no último instante, me lembrei da moeda que tinha na mão, agradecendo-lhe por isso também. Certamente ele me falara bastante coisa para eu poder refletir.

Saindo da casa do produtor de vela, me deparei com Sara, a esposa do ferreiro. Não prestei tanta atenção nela quanto prestei em Splane, que a seguia. Ele me olhou quando alisei minha saia com as mãos enquanto me desculpava discretamente com Sara. A sensação do tecido contra minha palma suada que estava segurando a moeda me fez congelar. Eu a tinha deixado cair.

— Com licença, Benella — Sara disse rígida, um vermelho profundo inundando seu rosto.

Ela também sabia o que eu tinha testemunhado? Me senti horrível.

Um brilho na terra aos nossos pés chamou minha atenção. Olhei para baixo, mostrando que havia notado.

— Acho que deixou cair algo.

Os olhos de Sara seguiram os meus e se arredondaram. Ela não hesitou, pegou logo a moeda de prata.

— Não precisamos da sua caridade — Splane disse orgulhoso.

Os dedos de sua mãe apertaram a moeda. Palavras fáceis para ele quando não era ele quem precisava abrir as pernas para o padeiro.

— Caridade? — perguntei, simulando confusão. — Como eu apareceria com uma moeda de prata? — Deixei a dúvida na minha voz falar por si mesma.

— Não seja ridículo, Splane — sua mãe ralhou. Ela não olhou para mim nem me agradeceu, simplesmente mudou de direção e foi até o padeiro, entrando pela porta da frente. Splane se apressou para segui-la.

Torcia para que isso ajudasse a acabar com a animosidade que eles sentiam por mim. Voltando à cabana, pensei na história do produtor de vela, sem saber quem eu precisava libertar ou ensinar naquela história. Parte de mim estava inclinada a acreditar que era o Lorde preso na propriedade como o produtor de vela sugeriu, mas por que eu iria libertar um baderneiro? Talvez fosse isso que precisava ensinar para ele comportamento adequado.

Conforme me aproximava da cabana, a cabra berrava pateticamente nos fundos, então dei a volta para investigar. Ali, à vista com as portas abertas, Tennen estava com Bryn unida a ele em um monte de feno fresco. As saias dela estavam na cintura e suas pernas em volta de Tennen, que bombeava rapidamente, virado de costas, nu. Nenhum deles me viu.

Voltei e fiz a curva e me pressionei contra a parede, fora de vista e em choque. O berro da cabra abafava a maioria de seus gemidos misturados. Depois de alguns instantes, ficaram quietos, seus gemidos e os protestos da cabra por estarem usando sua cama.

— Tennen — ouvi Bryn dizer baixinho. — Meu pai quer que eu case logo.

— Você está na idade.

Encolhi por minha irmã amar tamanho tolo.

— Você também — ela disse.

No silêncio, ouvi o arrastar de roupas sendo colocadas.

— Eu daria uma boa esposa — Bryn disse.

— Por que eu iria querer casar com você quando já te fodo? Não tem mais nada de especial.

Ouvindo seu grito baixinho, rapidamente fui para a frente da cabana e entrei. Sem confiar em nenhum dos dois, me escondi na sala de Papai. Como Bryn podia dar tanto de si mesma a ele? Ela não via o tipo de homem que ele era? Ele me lembrou de Lorde na história do produtor de velas. Quantas Bryn ele tinha deixado para trás? Pobre Bryn. Eu queria sair e consolá-la, mas ela não reagiria bem ao saber que eu sabia de sua vergonha. Ela tinha se entregado e fora rejeitada por isso.

Então, aguardei em silêncio no escritório. Quando o céu ficou coberto por nuvens o suficiente para indicar o iminente retorno de Papai, saí pela janela. O vestido dificultou — foi mais para uma enroscada deselegante e uma queda da janela —, mas consegui sair da casa sem ser detectada. Dei a volta na floresta para chegar à frente da cabana e saí pelo caminho e me reaproximei de casa.

Bryn não tirou o olho do que quer que fosse que ela estava mexendo no fogão, mas não importava. A desolação em seu rosto estava clara.

— Blye está em casa? — perguntou, realmente pensando onde ela estava durante a visita de Tennen.

— Não. Ela levou algumas de suas criações para a costureira esta manhã e não voltou. — Ela mal sussurrou as palavras e, assim que terminou de falar, saiu pela porta dos fundos sem dizer mais nada.

Não fiquei para ouvir seus soluços baixos, então fugi de novo para a sala de Papai a fim de ler sobre plantas.

No jantar, Papai anunciou seus planos de viajar para Ponte Inundada no dia seguinte. Ele tinha muitos livros em sua biblioteca e sabia que não podia deixar todos para apenas uma viagem, então contratou uma charrete e perguntou se uma de minhas irmãs gostaria de ir com ele. Ambas disseram que sim imediatamente, mas por motivos muito diferentes. Blye explicou que ela queria falar com a costureira de lá para ver se podia ser aprendiz e trocar por abrigo e comida, uma forma certa de estender o tempo limite de permanecer solteira para que ela conseguisse procurar um pretendente adequado. Bryn falou claramente que ninguém em Konrall iria pedir a mão dela, e ela gostaria de ter a chance de encontrar homens elegíveis que Ponte tinha a oferecer.

Papai concordou em levar ambas e pediu que eu ficasse para dar a aula dele. Com uma sensação de pavor, concordei.

Na manhã seguinte, trabalhamos juntos para carregar a charrete, que Splane havia trazido ao amanhecer. Bryn não comentou nada sobre o paradeiro de Tennen. Com a parte de trás carregada com livros cuidadosamente empacotados em engradados e cobertos com pano oleado, Papai olhou para o céu escuro.

— É melhor irmos — ele disse para minhas irmãs. Ele me entregou seu plano de aula para o dia, me abraçou e subiu para pegar as rédeas. Eles me deixaram parada na porta da cabana, e só Papai olhou para trás.

— Nos espere para o jantar — ele gritou antes de desaparecerem entre as árvores.

Caminhei para a escola, atenta à presença de Tennen e Splane, incerta se a moeda de prata tinha ajudado nosso relacionamento ou não. Quando Splane desceu da charrete, passara tanto tempo boquiaberto olhando para Bryn, que nem tinha olhado para mim. Parecia que os meninos Coalre não conseguiam guardar segredo.

A filha do açougueiro, Magdaline, estava parada na porta da escola me esperando. Aos doze anos e tímida, ela deu um gritinho com uma recepção surpreendente e os olhos arregalados.

— Vou dar aula no lugar de meu pai hoje — eu disse com um sorriso divertido. — Espero que esteja tudo bem.

Ela assentiu entusiasmada.

O dia passou rápido com apenas cinco alunos na sala. Segui o plano de aula de meu pai e me diverti com a inteligência das crianças. Era esquisito pensar neles como crianças quando eu era apenas alguns anos mais velha.

Finalmente, eu os dispensei e fechei a porta da escola. Uma chuva estável caía lá fora. Caminhar na luz da tarde não me incomodava tanto quanto a chuva o fazia. Corri pelo caminho, chegando rápido à cabana. A cozinha estava fria e úmida já que o fogão não estava aceso. Reacendi o fogo e aqueci os dedos antes de procurar algo para comer.

Um barulhinho no piso me alertou de que não estava sozinha. Me virando, vi Tennen dar outro passo para mais perto de mim, acabando de sair da sala de Papai. Seu cabelo seco e olhar lúbrico cruel me diziam o suficiente de suas intenções para eu saber que precisava correr. De novo. A porta que levava para o jardim dos fundos estava à minha esquerda e a porta da frente da cabana, à minha direita.

Congelada, olhávamos um para o outro. Uma chance. Dobrei meu vestido, fiquei rígida e fintei para a direita. Tennen agiu, movendo-se para a porta da frente quando mudei de direção e corri para os fundos.

Atrás de mim, eu o escutei escorregar e xingar, mas não parei. A porta dos fundos bateu alto contra a parede quando a abri e voei para a chuva. Ergui as saias para libertar minhas pernas. Norte. Refúgio. O solo escorregadio por causa da chuva me fazia atolar quando tentava correr. O som que indicava que Tennen estava perto fez meu coração acelerar. Eu nunca conseguiria. Dancei por entre as árvores espaçadas e me enfiei debaixo de galhos ocasionais, arfando e me esforçando para manter o ritmo enquanto torcia para que Tennen não acompanhasse.

Uma parede de névoa apareceu diante de mim, e eu entrei nela, me perdendo por um instante.

As saias ficaram mais pesadas conforme eram encharcadas pela chuva, e meus braços queimavam com o peso delas. Escorreguei e caí para a frente, soltando as saias tarde demais quando o chão se encontrou comigo. Caí com o estômago no chão e o rosto bateu no solo com tanta força que até balançou. Felizmente, cair no solo esponjoso não doeu tanto.

Tennen, que estava bem atrás de mim, tropeçou na minha saia antes de eu conseguir me levantar e caiu com todo o peso em cima de mim. O impacto tirou o ar de meus pulmões provocando um barulho estrondoso. Ficamos deitados como um X no chão, seu tronco atravessado no meu, me prendendo com eficácia.

Ele riu acima de mim.

— Você nunca teve chance.

Não consegui responder. Mal conseguia respirar com seu peso em mim. Tentei lutar, mas a lama que amorteceu minha queda tornou impossível fazer algo mais que me debater.

— Ho, ho! O que é isso? — ele disse, tocando uma de minhas pernas nuas.

Lutei mais, mas sua mão simplesmente escorregou por minha pele coberta de lama, subindo.

Ele colocou sua mão livre em meu cabelo e puxou forte para trás, me forçando a tirar as costas do chão. Ele se inclinou em direção à minha orelha, sem parar de explorar.

— Sem meia-calça? Que safada, Benella. Talvez eu estivesse com a irmã errada.

Seu bafo quente soprava minha face, e minha raiva fervilhava. Arqueei mais, tentando bater na cabeça dele com a minha como tinha feito antes. Ele riu.

— Não desta vez.

Seus dedos encontraram a beirada de minha calcinha e escorregaram para baixo a fim de acariciar minha bunda. Gritei de fúria, me virando rapidamente. O movimento tirou um pouco do meu cabelo. Ele tentou me segurar firme, mas a lama e a chuva me deixaram muito escorregadia para agarrar. Lutei mais, agarrando a lama e arrancando a vegetação. Me virei e joguei a gosma que tinha na mão na cara dele, conseguindo cegá-lo. Ele grunhiu e empurrou minha cabeça para trás, soltando meu cabelo.

Conforme ele foi para o lado para limpar os olhos, aproveitei a oportunidade e saí de debaixo dele. Cheia de lama, lutei para ficar em pé e, quando o fiz, escorreguei mais que andei.

— Você acha que é diferente do resto de nós? — ele gritou.

— Não — gritei de volta enquanto procurava alguma coisa que poderia usar para bater na cabeça dele. — Como posso ser diferente? Olhe para mim. — A frustração por ele estar com sua raiva cega e ilógica aumentava em meu sangue.

— Todos nós olhamos para você — ele disse. — Você é muito boa para olhar para trás. E, quando o faz, é para olhar com seu nariz empinado para nós.

Ele conseguiu ficar de pé, mais alto que eu, com o ódio claro em seu rosto. Sua declaração me deixou atordoada, e eu o encarei com o cenho franzido. Nunca tinha me achado superior a alguém. Tinha? Eu dava o que podia para o açougueiro para ajudar aqueles menos afortunados. Até tinha ajudado a mãe de Tennen. Como aquilo poderia ser se achar superior? Abri a boca para protestar, mas parei quando senti algo circulando minha cintura. Tennen riu quando olhei para baixo. Trepadeiras se enrolavam em mim e começaram a me puxar para trás. Elas estavam ali para me proteger e me dar refúgio? Com a propriedade, eu nunca sabia o que esperar.

Olhei para Tennen, e seus olhos se estreitaram para mim.

— Quantas vezes entrou na propriedade e saiu ilesa?

— Nunca ilesa — eu disse, zombando. Não esclareci que os ferimentos eram por causa dele e de seu irmão ou de mim mesma.

As trepadeiras puxaram, e eu escorreguei por muitos metros no chão. Outra trepadeira se rastejou pelo chão ao meu lado, estendendo-se em direção a Tennen. Ele viu a trepadeira e me olhou frio.

— Espero que se machuque ainda mais desta vez.

Então se virou e se afastou, me deixando para trás.

Tentei me levantar, mas as trepadeiras não me soltaram. A que tinha se arrastado em direção a Tennen fez a curva e se enrolou em mim. As trepadeiras únicas se retorceram entre elas para criar uma corda grossa que suportasse meu peso no ar e, de novo, me moveram para a propriedade balançando lentamente.

Seis

As trepadeiras me depositaram dentro do portão firmemente fechado. Escorria água enlameada de minhas roupas, ergui o rosto contra a chuva para lavar a lama que ainda sujava minha pele.

Uma voz da escuridão me assustou.

— O que quer de mim desta vez? — a fera perguntou.

Vi uma sombra escura e grande à minha direita e tentei focar nela através da chuva quando comecei a tremer. O calor que eu criara com a corrida havia passado durante o caminho lento até ali.

— Refúgio — eu disse, balbuciando com o frio. — Não posso voltar para casa até meu pai retornar.

A fera grunhiu, e a forma à minha direita se moveu, rosnando mais alto conforme se levantou de sua posição agachada.

— Me siga — ele disse, movendo-se na escuridão.

Hesitante, eu o segui, abraçando a mim mesma ao mesmo tempo que minhas saias molhadas se agarravam em minhas pernas. O perfil dele sempre permanecia longe o bastante à minha frente, assim eu nunca conseguia vê-lo com clareza. Em certo momento, uma estrutura grande se ergueu diante de nós, seus detalhes escondidos no nevoeiro encantado que ocupava a propriedade com extravagância.

Adiante, algo rangeu em protesto. Segui o barulho e vi uma porta aberta que levava a um cômodo amplo, frio e escuro. Entrei, feliz por estar livre da chuva.

— Acenda o fogo e se aqueça — sua voz desencarnada disse da escuridão. — Vá reto. Vai encontrar o que precisa.

Com os braços estendidos, segui em frente na escuridão até tocar uma rocha. Passei os dedos suavemente pela superfície porosa, e descobri que estava diante de uma lareira enorme. Da minha altura, uma cornija de pedra continha o que eu precisava para acender o fogo. Assoprei meus dedos para secá-los antes de tentar acender. Precisou de muitas tentativas para a primeira faísca; mas, quando consegui, senti uma onda esmagadora de alívio. O pouco de luz na chama pequena naquele cômodo ajudou a dissipar um pouco da obscuridade. Olhei para a parede preta que me rodeava e pensei onde ele estava esperando. O contorno claro da porta ainda aberta era o único outro objeto que eu conseguia ver fora do círculo de luz.

Pelos muitos minutos seguintes, alimentei a chama faminta. Logo, pegara bastante calor para que eu pudesse me sentar nos calcanhares e aquecer as mãos.

— Vou ver se consigo saber do retorno de seu pai. Fique aqui no seu refúgio — ele rosnou em um tom curiosamente bravo. A porta bateu.

Por que ele tinha ficado bravo? Olhei em volta e não vi nada que pudesse sugerir uma resposta. Me levantei e fui até o depósito de lenha e peguei algumas maiores para colocar nas chamas estabelecidas. Em alguns minutos, apenas algumas sombras escuras permaneceram nos cantos mais afastados do cômodo, e enxerguei claramente à minha volta.

Eu estava em uma cozinha enorme, e parecia que tinha sido saqueada. Havia potes derrubados no chão, uma mesa perto de uma parede tinha sido quebrada em duas, e havia marcas de garra em toda a superfície. Meu estômago se afundou um pouco com a prova de que não deveria confiar nas gentilezas precárias da fera.

Com a nova luz, eu vi como ainda estava cheia de lama. Meu vestido estava pesado por causa dela, e ele se agarrava às minhas pernas. Aquela imundície iria coçar quando secasse. Andando pela cozinha, encontrei uma bomba manual de água e uma chaleira grande com alça. Obstinada, me esforcei para encher a chaleira, depois sofri com seu peso conforme atravessei o cômodo e a coloquei na alça de metal acima do fogo. Usando uma vareta para segurar a alça, coloquei a chaleira nos fundos da lareira para que ficasse bem acima das chamas bruxuleantes.

Olhando em volta de novo, encontrei alguns panos que pareciam relativamente limpos e uma tina de madeira bem grande. Fiquei olhando para a tina por um bom tempo, debatendo comigo mesma. Ele havia prometido refúgio, mas será que poderia confiar o suficiente para me lavar? Não. Deixei a tina onde estava de ponta-cabeça em um canto do cômodo e procurei outro pote de água.

Tentei me lavar com o primeiro recipiente morno, mas meu vestido ainda estava muito coberto de lama. Toda vez que ele tocava um ponto recém-limpo de pele, deixava uma mancha de lama. Suspirando, arrastei a tina até o fogo. Enchi um quarto dela com água fria e, então, derramei um balde de água fervente. Com paciência, enchi lentamente a tina com água até a metade, depois fiquei parada olhando para ela. A lama na minha cabeça tinha secado, esticando minha pele. Eu queria ficar limpa, mas não sabia quando a fera iria retornar. Olhando para a porta, fui até a mesa quebrada e arrastei metade dela até a tina. Coloquei-a de lado e se transformou em uma tela simples de privacidade. Também poderia usá-la para secar meu vestido.

A água começou a esfriar enquanto eu pensava. Sabia que não deveria. Iria me arrepender, sem dúvida. Alguma coisa de ruim iria acontecer. Com certeza apenas uma idiota se despiria na casa de um estranho com uma fera brava à espreita. Mas ele tinha prometido refúgio. Minha cabeça doía onde Tennen arrancara o cabelo, e a lama em minhas pernas estava começando a coçar. Mesmo com o fogo queimando, não aqueceu o cômodo ou me secou rápido o bastante para não permanecer com frio.

O vapor que saía da tina me fez me despir rapidamente.

— Idiota — resmunguei para mim mesma.

Um suspiro escapou de mim quando entrei nua na água. Com a lareira de um lado e a mesa do outro para refletir o calor, relaxei um pouco. A tina era facilmente o dobro do tamanho da que tínhamos na cabana. Enfiei a cabeça debaixo da água rapidamente para lavar o cabelo. Quando voltei para cima, vi a água ligeiramente suja. Esfregando a pele, me lavei o melhor que consegui.

Estava prestes a me levantar quando a fera falou da escuridão.

— Quantas vezes lhe poupei?

Como uma lebre assustada, congelei, com o coração martelando. O sangue corria alto em meus ouvidos, mas mesmo assim me esforcei para escutar.

— E então? — ele disse com um rosnado.

— Q-quatro — sussurrei.

— Quatro — ele concordou. — E lhe ofereci o que quisesse da propriedade.

Me apoiando no quadril, olhei com cuidado em volta, mas não conseguia vê-lo nas duas direções abertas para mim. Olhei para a mesa e conseguia imaginá-lo agachado logo atrás dela.

— O que pode me oferecer como pagamento?

— Pagamento? — eu disse, de repente com medo e desejando que não tivesse dado a moeda de prata.

— Sim — ele disse, parecendo ficar mais irritado. — Pagamento. O que você tem?

— Nada — sussurrei horrorizada. Claro que ele não poderia me oferecer refúgio, depois me lançar na parede para minha morte porque eu não tinha consciência de que exigiria pagamento.

Um rosnado ecoou na cozinha.

— Venha agora. Você é alguma coisa.

Meu coração se afundou quando percebi o que ele queria.

— *Eu* não sou pagamento.

— E por que não? Não cuidei de você? Curei você?

— Sim — disse lentamente.

— Levante-se para que eu possa vê-la.

— Não — eu disse, afundando mais na água.

Seu rugido nervoso preencheu a cozinha.

— Você me negaria depois de tudo que lhe dei?

— Quer dizer o que me deu por vontade própria — eu disse corajosa. — Nunca me perguntou se eu queria ser curada. Você me deu isso por conta própria. Nunca pedi que me poupasse.

— Mas lhe ofereci uma coisa — ele disse.

— E me obrigou a aceitar para me libertar. Não pode exigir um preço para coisas dadas por conta própria.

Um silêncio suprimido reivindicou o cômodo por muitos e horríveis longos minutos. A água começou a esfriar. Continuei a procurar a fera, mas ele não emitiu nenhum som. Meus dedos estavam franzidos.

— Ainda está aqui? — perguntei quando minha coragem começou a se esvair.

— Estou — ele disse com um rosnado bravo.

— Você me ofereceu refúgio. Por favor, saia para que eu possa me vestir.

— Não — ele disse presunçoso. — Não vou lhe dar minha ausência por vontade própria. Vou precisar de pagamento para sair.

Dei risada antes de conseguir evitar.

— Pagamento. Para sair.

— Isso. Levante-se para que eu possa olhar para você.

— Não sou prostituta.

— Como pode se tornar prostituta apenas levantando-se da água? — Ele deu risada.

Olhando para a mesa, não tinha resposta. Não me tornava uma prostituta, mas me sentiria usada e inferior. Pensei na minha irmã e me encolhi. Não queria deixar ninguém tirar vantagem de mim daquele jeito. O fogo começou a diminuir, as chamas que lambiam a madeira retrocederam até sobrar apenas algumas dançando no topo das brasas vermelhas e quentes.

— Você pede muito por muito pouco em troca — eu disse.

— O que gostaria de ter de mim?

Sua disponibilidade em barganhar me deu esperança.

— Uma camisa seca para me cobrir. Algo para comer, se tiver.

— Combinado — ele concordou muito rápido. — Agora se levante. — Sua impaciência me preocupava.

— Ainda não. Quero ver a camisa que tem para me oferecer.

Ele rugiu desta vez.

— Acha que sou tolo? Quando eu sair para pegá-la, vai se levantar e se vestir.

— Será que pensei nisso? Provavelmente poderia ter pensado — admiti.

Estava preocupada demais para pensar tão longe, mas assim que ele saísse do cômodo, com certeza eu teria feito exatamente isso. Dada a raiva dele, eu estava feliz por ele não ter saído e me dado a chance de fazê-lo.

— Vou permanecer na água até você voltar contanto que não demore muito para que o fogo não se apague. — O silêncio me encontrou de novo. Aguardei alguns instantes e perguntei: — Está aí?

Não tive resposta. Apesar da minha promessa, pensei em me levantar e me vestir.

A aparição repentina de uma camisa jogada por cima da mesa me assustou. O tecido da camisa chique contra a madeira parecia único. Estiquei a mão para pegá-la, mas ela desapareceu de novo.

— Levante-se. Agora. — Seu rugido bravo agora soava próximo.

Realmente não tinha escolha. Poderia ficar sentada na água até apodrecer ou até a raiva dele estimular o seu melhor e ele me tirar da água independente da sua promessa de refúgio, ou eu poderia me levantar sozinha e esperar a camisa.

— Vou me levantar — eu disse baixinho, agarrando as bordas da tina. — E, quando sentir que me humilhou o suficiente, sinta-se à vontade para me recompensar com uma camisa.

Me levantei de frente para a mesa, torcendo para que ela me oferecesse um pouco de recato já que ela chegava na minha cintura. E o fez até ele jogá-la para o lado. O fogo morrendo e a sombra comprida que eu provocava o esconderam de novo, e eu torci para que a falta de luz me escondesse também. Queria fechar os olhos, mas não ousei. Em vez disso, olhei para baixo e saí da tina.

— Humilhação — ele sussurrou. — Não há humilhação nisso. Apenas desespero. — Ele soou ligeiramente triste.

Não tive tempo para refletir porque a camisa foi lançada da escuridão e caiu na minha cabeça, me cegando. A porta se abriu e fechou antes que eu pudesse tirá-la do rosto. Rapidamente colocando os braços nas mangas, enfiei os botões em seus buracos antes de me virar para adicionar mais lenha no fogo. Como imaginei, estava na cozinha, mais uma vez sozinha.

Meu vestido estava jogado no chão. Pensei em vesti-lo de novo, mas então pensei no que iria fazer. A menos que meu pai tivesse retornado, havia menos segurança para mim do lado de fora da propriedade do que lá dentro. Suspirando, joguei o vestido na água. Depois de lavá-lo o máximo que consegui, torci e o pendurei na mesa, a qual trouxe de novo para perto do fogo.

Demorei um tempo para esvaziar a tina com o balde, mas, em certo momento, havia tirado toda a água, e virei a tina de cabeça para baixo, usando-a como cadeira. A camisa longa ia até acima dos joelhos quando me levantei. Quando me sentava, levantava um pouco atrás, mas me protegia o suficiente para não me sentar de bunda de fora.

Meus olhos ficaram pesados enquanto esperava que o vestido secasse, e a pilha de lenha ao lado da lareira diminuía. Meu estômago roncava, e me lembrei do meu pedido de comida. Ficando de pé, procurei algo nas prateleiras da cozinha e vi uma peça surpreendente de queijo e frutas secas. Peguei uma pequena porção de cada e me sentei ao lado do fogo.

Depois de uma hora, a porta se abriu de novo. Meu coração acelerou dentro de sua caixa ossuda, e me movimentei para virar, mas suas palavras me fizeram parar.

— Não se vire. Fique como está. — Ele soava bravo. Mais que bravo, na verdade. Seu rosnado era tão severo que estava difícil de entendê-lo.

Fiquei parada, olhando as chamas enquanto tentava escutá-lo se mexer. De repente, ele falou logo atrás de mim conforme tocou meu cabelo com gentileza, seu tom conflitava com seu toque.

— Seu pagamento foi para o lixo.

Sem saber o que ele queria dizer, permaneci quieta. Ele tocou um ponto sensível perto da coroa da minha cabeça, e eu encolhi.

— Machucada de novo, garota?

— Benella — murmurei, muito desconfortável com sua presença bem atrás de mim.

— Não é um nome bonito — ele disse com menos que um rosnado.

— É a junção do meu pai e da minha mãe — disse lentamente quando seu toque se arrastou por minha cabeça como se estivesse tentando encontrar o ferimento. — Minha mãe tinha esperança de que, depois de duas filhas, o terceiro fosse um menino e planejou um nome para ele igual do meu pai, Benard. Quando cheguei, ela ficara tão decepcionada que meu pai sugerira que eu ainda tivesse parte de seu nome e o dela também, Nadelle. Benella é melhor que Nadard.

A fera emitiu um grunhido surpreso e repartiu meu cabelo. Eu sabia o que ele planejava e me inclinei para longe dele.

— Não posso mais aceitar nada de você sem saber o preço.

Ele bufou.

— Eu dou isso por vontade própria. — Ele me puxou para trás e passou a língua na minha cabeça uma segunda vez.

Pensei no que ele faria se ficasse com uma mecha de cabelo na boca, mas depois presumi que lamber minha cabeça não era tão diferente do que lamber seu próprio pelo.

Isso acalmava tanto os pedaços sem cabelo que comecei a cochilar e me encostei nele. Seu calor me embalou, e eu dormi.

Em algum momento durante a noite, sons estranhamente abafados de corvo me acordaram de um sono profundo. Encolhida de lado, me aconcheguei mais na pilha de pele que estava estendida debaixo de mim. Da escuridão, alguma coisa rosnou baixinho e silenciou o pássaro conforme uma mão grande e quente acariciou meu cabelo. Mergulhei de novo no meu sono.

De manhã, me alonguei com um bocejo e gemido. O piso frio de pedras me deixou dolorida, e me sentei com um arrepio e achando estranho. Não havia uma camada de pele na noite anterior? Analisando a cozinha, agora iluminada pelo sol que brilhava através de muitas janelas no alto das paredes, vi apenas meu vestido, as botas e as roupas de baixo. Nenhuma pele.

Lembrando-me da mão na minha cabeça, fiquei boquiaberta. A fera. Me levantei e olhei em volta, a camisa tocando minhas pernas. Tudo parecia ter voltado ao lugar, e me apressei para me vestir preocupada com o que Papai poderia estar pensando.

Hesitei em levar a camisa já que não conseguia me lembrar de como havia feito o pedido. Não sabendo se realmente pertencia a mim ou não, eu a dobrei perfeitamente e a coloquei na mesa quebrada com um olhar de arrependimento.

Quando entrei na cabana toda desgrenhada, Bryn apenas me lançou um olhar de censura; e eu sabia que chegara em um estado desarrumado muito frequentemente nos últimos dias. Ela lavava pratos em um balde pequeno em um balcão de madeira perto do fogão. A mesa estava vazia e apenas um leve sinal de comida cozida perfumava o ar.

— Vá pegar emprestado uma das camisas de Papai. Você vai precisar lavar seu vestido para poder usá-lo em qualquer lugar. Papai nos quer apresentável esta noite. Vamos jantar com a família Kinly. — Seu tom frio me dizia o que ela pensava dessa ideia, então não fiz nenhuma pergunta sobre aonde iríamos. Pelos menos eu iria comer.

A porta do quarto de Papai ficava aberta, o baú com suas roupas no pé de sua cama claramente visível. Me sentindo intrusa, me ajoelhei diante do baú e abri a tampa. Nunca tinha olhado dentro do baú de Papai, assim como nunca tinha lavado roupa. Bryn lavava tudo, dobrava e guardava arrumadinho.

Dentro do baú, duas pilhas distintas de roupas definiam o triste guarda-roupa de meu pai. À direita, suas duas camisas brancas perfeitamente dobradas e um par extra de calças esperavam pelo próximo uso. A pilha da esquerda tinha o dobro do que a direita com o adicional de dois lenços, usados e desgastados, no topo. Tudo da pilha esquerda tinha sido costurado ou emendado de algum jeito. Fios soltos caíam dos punhos nas mangas desgastadas e havia remendos no lugar dos joelhos.

Colocando os lenços de lado com cuidado, peguei a primeira camisa da pilha remendada e a estendi. Serviria para usar nas minhas caminhadas na floresta e para ficar na cabana. Coloquei os lenços de volta no baú e fechei a tampa.

No meu quarto, olhei para o baú de tecidos de Blye e afastei meu ressentimento. Eu sabia que ela remendava as roupas dele e fazia um bom trabalho também, mas poderia facilmente fazer uma nova camisa para Papai. Era justo ficar ressentida com ela quando eu tinha ignorado minha própria oportunidade de ajudar Papai? Afinal de contas, havia dormido com uma camisa bem elegante que Papai poderia ter usado. Reconhecendo, teria ficado um pouco grande, mas Blye conseguiria diminuir a camisa. Já tinha provado isso.

Vestida com minhas calças conhecidas e uma camisa emprestada e surrada, peguei meu vestido e o levei para fora onde Bryn normalmente lavava roupa quando o tempo estava bom. Então, comecei o longo processo de pegar água e sabão, esfregar, torcer e enxaguar o vestido. O processo precisou ser repetido muitas vezes até o tecido começar a parecer azul novamente. Dando uma última espremida, pendurei-o em um fio que Bryn havia amarrado do lado de fora e sequei as mãos nas minhas calças.

Meu estômago roncou, e olhei para o céu. No interior da cabana, permanecia o silêncio, e pensei aonde Blye teria ido. Franzindo o nariz ao pensar em entrar, comecei a andar para o leste da vila e da propriedade para ver o que a floresta poderia me oferecer para comer. Embora minhas intenções de ficar longe da propriedade fossem verdadeiras, minha mente ficava voltando à camisa e ao queijo; e, logo, meus pés estavam me levando para o norte.

Primeiro, verifiquei o solo ao lado do muro desmoronado e encontrei ervilhas crescendo tanto que as plantas tinham se entrelaçado, formando um cobertor sólido. Parei para pegar algumas, mordendo-as para suprimir um pouco da minha fome, depois guardei uma mão cheia em cada bolso, me arrependendo de não ter levado bolsa.

Continuando, andei pelo perímetro do muro até chegar ao portão, que se abriu em um arco alto e lento a fim de anunciar minha presença. Sem pensar em nada, fiquei parada do lado de fora da propriedade e olhei por cima do ombro, vendo as árvores tranquilas atrás de mim. As sombras pairavam sobre aquelas mais próximas à propriedade, mas, ao longe, eu podia enxergar um pouco do sol manchando os galhos.

Engolindo em seco e torcendo para que não houvesse ninguém por perto para ouvir, voltei a olhar para a propriedade sombria e gritei:

— Você está aí?

O silêncio foi a resposta.

— A camisa Deixei porque não sabia se você tinha me dado ou não. Se tivesse… — Nada dentro da propriedade se mexeu. Meu estômago roncou, e peguei mais uma ervilha do bolso. Mastiguei lentamente, aproveitando a crocância doce enquanto pensava se ele estava me escutando, em algum lugar lá dentro.

Após muitos instantes, desisti e voltei pelo caminho que tinha chegado. Colhi mais ervilhas e levei para casa o que tinha conseguido colocar na barra da minha camisa.

Deixando toda minha colheita, exceto uma mão cheia, na mesa da cozinha para Bryn fazer o que quiser com elas, me isolei na sala de Papai, pegando um livro aleatório para me entreter até o jantar. Em alguns momentos, as vozes baixas de Bryn ou de Blye atrapalhavam minha concentração, mas não continuavam por muito tempo para eu escutar o que estavam dizendo.

Papai chegou em casa e, com um brilho nos olhos, elogiou minha nova camisa. Recebi seu sorriso com um próprio enquanto guardava de volta o livro que tinha acabado de terminar e fui verificar meu vestido. O ar úmido não havia ajudado a secar o tecido, então fui obrigada a usar um vestido levemente molhado para jantar com os Kinlyn.

Eles moravam a quase três quilômetros fora da cidade ao sul, uma longa caminhada para Bryn e Blye, que nunca se aventuravam mais longe que a vila a pé. Ambas andavam lado a lado em silêncio combinando os passos, como se fosse uma marcha. Papai e eu andávamos atrás delas. Além de sua recepção alegre para mim por estar em casa, ele não tinha dito nada. Diferente do humor deprimido deles, eu estava feliz e ansiosa pelo jantar. Ansiedade por uma boa refeição era apenas parte disso. Seria meu primeiro jantar oficial na casa de alguém.

A sra. Kinlyn, a quem nunca tinha conhecido diretamente, mas avistara na vila em algumas ocasiões, estava parada na porta da casa modesta deles, observando-nos. As árvores tinham sido removidas de toda a volta da casa até uma certa distância a fim de construir um celeiro para os animais e vários campos abertos. Árvores desenraizadas no limite dos campos, limitando a floresta além deles, prediziam campos maiores para as plantações do ano seguinte.

— Bem-vindos — a sra. Kinlyn disse com um sorriso ao gesticular para entrarmos. Ela parecia ter a mesma idade de Papai, talvez um pouco mais velha, com a pele marrom e queimada pelo vento. Linhas brancas minúsculas saíam do canto de seus olhos de apertar os olhos ao sol. Eu achei seu sorriso de felicidade contagiante e sorri de volta. Minhas irmãs murmuraram cumprimentos educados.

Dentro da casa quadrada, uma única parede dividia o cômodo na metade. Em um dos fundos, uma mesa comprida com muitas cadeiras em volta tomava a maior parte do espaço junto com a lareira. Do outro lado do cômodo havia a cozinha com um fogão de ferro moderno. Duas portas fechadas interrompiam a parede lisa, e imaginei que levassem aos quartos.

À mesa, havia seis homens sentados esperando. Bom, quase homens, já que o mais velho parecia ter uns nove anos. Todas pareciam recém-lavados, e aposto que estavam usando suas melhores roupas, como nós. Os filhos dos Kinlyn tinham todos herdado o sorriso de sua mãe.

— Por favor, sentem-se. Está tudo pronto. Henick, me ajude com o assado, por favor — a sra. Kinlyn pediu.

Um dos irmãos mais velhos se levantou para ajudar a mãe enquanto o sr. Kinlyn se levantou a fim de cumprimentar Papai e apertar sua mão. As apresentações foram feitas. Henick, o mais velho aos vinte anos, sorriu quando seu pai disse seu nome. Renald, o próximo com dezoito, assentiu educadamente, nunca deixando de sorrir. Kennen, com quase a mesma idade que eu, piscou para mim quando seu pai disse seu nome. Eu queria piscar de volta, mas todos os olhos estavam em mim, então apenas sorri como resposta. As apresentações terminaram com Bolen e, finalmente, Parlen.

O sr. Kinlyn nos indicou nossos assentos com Papai e eu sentados perto do sr. e da sra. Kinlyn, e Bryn e Blye sentadas do outro lado da mesa com Henick e Renald. Observando aquela organização, sabia que tinha acertado no objetivo do jantar. O mais jovem, Parlen, sentado à minha direita com Kennen à minha frente.

Eu escutava com um ouvido as tentativas de Henick e Renald de conversar com minhas irmãs. Eles perguntaram educadamente sobre os interesses de minhas irmãs, mas nenhuma respondeu com detalhe suficiente para inspirar uma resposta inteligente. Então os irmãos começaram a explicar os planos do pai deles em relação às plantações. Não conseguia entender Bryn e Blye. Todos os Kinlyn eram bonitos o bastante e tinham personalidades agradáveis. Por que não estavam dando uma chance a eles?

— O que faz aqui, Parlen? — perguntei ao menino loiro sentado ao meu lado.

Ele limpou a boca educadamente antes de responder.

— Quando precisamos cavar em volta de uma árvore antes de arrancá-la, ajudo a cavar. Do contrário, cuido dos animais e caço por diversão.

— Mesmo? O que caça? — O interesse me fez perguntar.

— A maior parte das vezes são coelhos e lebres selvagens — ele disse. — Mas uma vez cheguei perto de pegar um porco selvagem. — Ele ergueu o polegar e o dedo indicador com um espaço de um centímetro entre eles.

Kennen riu e se intrometeu na história.

— Ele tem sorte de o porco ter fugido da armadilha antes de ele tentar abatê-lo. Tinha presas suficientes para machucá-lo.

— Kennen — a sra. Kinlyn disse com um alerta baixo.

A única boa conversa não era adequada para a mesa de jantar. Suprimi um suspiro e tentei de novo.

— Eu pego coelhos, normalmente. Não temos nada mais tão selvagem perto da vila. Se eu atravessar o rio a leste, geralmente consigo encontrar algum tipo de pássaro.

— Rio? — Parlen se interessou.

— Vai para o sul, bem a leste da vila — eu disse devagar, tentando visualizar o quanto poderia ser longe da fazenda Kinlyn. — Acho que consegue chegar nele em menos de uma hora de caminhada a leste.

— Verdade — o sr. Kinlyn disse com seu jeito quieto. — É lento e um pouco profundo.

— Boa pesca? — Renald perguntou com interesse. Todos os meninos Kinlyn olhavam o pai com atenção.

O sr. Kinlyn riu lentamente.

— Parece que amanhã deveríamos dar um descanso para as árvores e tentar pescar.

Os garotos concordaram, rindo. Gostando da atmosfera feliz e calma da casa deles, escutei seus planos e comi até meu estômago doer.

A caminhada de volta para casa pareceu demorar mais, mas pelo menos não andamos em silêncio. Papai perguntou a Blye o que achou de Renald.

— Ele parece ser bem legal, mas ainda gostaria de tentar ser aprendiz com uma costureira em Ponte Inundada. Aquela que visitamos ontem queria ver um exemplo do meu trabalho e disse que consideraria se eu fosse bem.

Papai assentiu sem comentar e, então, perguntou a Bryn o que achou de Henick.

— Se me casar com ele, vou morrer antes da hora — Bryn previu ameaçadoramente.

Eu queria lhe perguntar como ela poderia saber sua *hora*, mas fiquei quieta.

Papai também não comentou nada.

Sete

O sol se pôs conforme seguimos caminho pela estrada principal até a vila. Ao longe, o uivo de um cachorro solitário quebrava o silêncio da noite. O arrastar de nossos passos na terra compactada nos fazia companhia.

Quando chegamos em casa, havia um baú enorme no chão diante de nossa porta. Anexada à fechadura, uma única peça de pergaminho liso flutuava com a leve brisa. Papai pegou o papel antes de qualquer uma de nós podermos chegar perto o suficiente para ler e o levou para dentro, seguindo para sua sala de estudo. Bryn e Blye encararam o baú por um instante, porém nenhuma delas se movimentou para tocá-lo. Dando a volta nele como Papai fizera, eu o segui para a sala. Depois de um breve atraso, ouvi Bryn e Blye me seguirem.

— Parece que as notícias da necessidade de vocês se casarem se espalhou — murmurou ele, parecendo perturbado. — Este recado me preocupa.

Ele nos deu o pergaminho para lermos.

Senhor,

Este baú é apenas um exemplo do que posso oferecer por sua filha caso o senhor se disponibilize a se separar dela esta mesma noite.

Esteja avisado que, assim que se separar, vocês nunca se encontrarão novamente. Se consentir, faça com que ela me aguarde sozinha do lado de fora da sua porta da frente no lugar do baú. Se eu encontrar o baú como deixei, saberei que o senhor declinou.

Não consegui entender a assinatura rabiscada que decorava o fim da página.

Nem Bryn nem Blye falaram conforme ambas saíram para ver o que tinha dentro do baú. Papai as seguiu enquanto eu estreitei os olhos para a escrita. Quem iria querer, misteriosamente, levar uma delas depois que o sol se pusesse? E o pedido deixava a entender que ele não tinha desejo de conhecer Papai pessoalmente.

Colocando a carta na escrivaninha bagunçada de Papai, lentamente segui o som de um grito animado.

— Olhem para isso! — Blye gritou, tirando um tecido longo e macio que se agitou como uma cascata quando ela colocou por cima do braço.

Aproximando-me, olhei o conteúdo do baú. Obviamente, o pretendente misterioso queria que Blye se juntasse a ele. Nem Bryn ou eu nos importávamos muito com tecidos, embora, ao observar o olhar estimado de Bryn, imaginei que ela estivesse começando a apreciá-los.

— Nunca toquei em nada tão chique — Blye sussurrou, gentilmente acariciando o tecido. — Usando isso... Eu me sentiria uma princesa.

— Então aceitaria um homem desconhecido? — Bryn perguntou.

— Você não aceitaria por esse tipo de riqueza? — Blye disse, rindo.

Nenhuma delas olhava para Papai, que observava enquanto elas falavam. Papai analisava o conteúdo desconfiado. Blye não via mais nada que a riqueza, nem mesmo o olhar invejoso de Bryn.

— Não posso permitir — Papai finalmente disse.

Blye virou a cabeça rapidamente em sua direção; claramente desacreditada. Ele ergueu uma mão antes que ela pudesse protestar.

— A riqueza é sedutora, mas e se o homem ou seu lugar na vida não forem? Me lembro das palavras de Bryn em relação à vida difícil dos Kinlyn. Eles são uma família feliz com riqueza suficiente, mas Bryn sabia que não era suficiente. Você não sabe nada sobre ele, e tenho medo de lhe mandar para uma vida desconhecida sem a segurança de poder ver como está de vez em quando.

Blye não disse nada conforme lágrimas caíram de seus olhos e, lentamente, escorreram por suas faces.

— No entanto, não vamos rejeitar a oferta logo de vez — ele disse. — Vou escrever uma resposta e deixar junto com o baú explicando a necessidade de um pai de assegurar o bem-estar e a felicidade.

Blye assentiu e começou a dobrar o tecido com a ajuda de Bryn enquanto Papai se virou para voltar à sua sala. Blye poderia chorar suas lindas lágrimas, mas estava enganada ao pensar que riqueza era suficiente para se ter uma base a fim de se casar com um homem. Veja o padeiro. Ele tinha bastante riqueza, mas era suficiente para se deitar toda noite ao lado dele? Arrepiei com esse pensamento. Nenhuma quantidade de riqueza tornaria aquela visão agradável o bastante para suportar.

Deixando-as com o tecido, fui para nosso quarto a fim de trocar a roupa. Por ter usado o vestido ainda úmido, minha pele estava coçando; e mal podia esperar para vestir minha camisola larga e coçar minha barriga.

À meia-luz do quarto, vi algo branco estendido em minha coberta. Acendi a única vela que reservávamos para emergências e vi a camisa que havia usado na noite anterior estendida perfeitamente na minha cama. Meu estômago se afundou. A fera tinha me escutado no portão. Mas por que então não me respondera? Por que levá-la até a cabana?

Escutando alguém se aproximar, rapidamente assoprei a vela e tirei a camisa da cama. Blye entrou no quarto e resmungou que estava cansada. Saí do quarto, escondendo a camisa da vista dela e bati na sala de Papai.

Ele falou para entrar em um tom levemente incomodado. Me sentindo culpada por interrompê-lo, mas sem querer que nenhuma de minhas irmãs vissem a camisa antes que ele, abri a porta e entrei rápido.

— Desculpe minha interrupção, mas eu queria lhe dar isso. — Ergui a camisa.

Quando ele olhou para cima, tirando o olho do que estava escrevendo, e seus olhos focaram no que eu segurava, ele colocou a tinta de lado.

— Não é do baú, mas tão elegante quanto — ele deduziu. — De onde veio?

— Da propriedade — eu disse sem reservas. Pegara muitas coisas esquisitas da propriedade encantada que raramente chamavam atenção quando eu voltava para casa com algo novo. Apesar de tudo no passado ter sido algo comestível.

— Isso é uma surpresa. Me conte exatamente como a encontrou — ele disse, levantando-se e pegando-a de mim. Ele a analisou de perto, não reparando no meu rubor.

Não poderia recontar todos os detalhes, apenas o suficiente para satisfazer sua curiosidade.

— Tennen estava na cabana quando voltei da escola. Não havia dúvidas de suas intenções. Corri pela porta dos fundos direto para a propriedade, torcendo para perdê-lo na neblina. — Decidi pular a parte em que Tennnen quase me pegara também. — A propriedade me deixou entrar, me dando refúgio e essa camisa, porque eu estava molhada da chuva.

Ele escutou atentamente e olhou para mim quando terminei.

— A chuva nos prendeu na estrada por mais tempo do que eu tinha planejado — ele disse. — Eu tinha pensado em voltar antes de você retornar da escola. Quando não voltamos, fiquei preocupado com você. Então, ao chegar em casa tarde e ver sua cama vazia — Ele suspirou. — Estou muito aliviado de não ter sido obrigada a — Ele balançou a cabeça sem conseguir terminar a frase.

— Ficar na propriedade não foi tão ruim — admiti.

— Aconselho que evite chegar perto dela por um tempo. A fera não esquece nem perdoa invasores. Você é muito sortuda por ter saído o tanto que já conseguiu.

Ao observá-lo andar até sua cadeira atrás da escrivaninha, percebi que ele não estava se referindo aos meus passeios para procurar comida, mas às minhas outras invasões. Não fiquei pensando em como ele sabia. Como era professor, escutava todos os boatos sussurrados pelas crianças do vilarejo. Sem dúvida alguém tinha testemunhado ou ouvido alguma coisa.

— Na hora de cada invasão, sinto que tomei a decisão certa dada a mim.

— Você geralmente toma — ele disse com um meio sorriso. — Agora me dê licença para eu escrever uma recusa que espero ser educada para uma pessoa desconhecida. Amanhã, vou perguntar ao padeiro se ele viu alguém diferente passando.

Meu estômago se afundou, mas não com a menção ao padeiro. A chegada da camisa na minha cama e o baú na porta não poderiam ser coincidência.

— Papai, me incomodou o fato de o pretendente não ter mencionado um nome, ele escreveu apenas filha. Talvez, quando escrever sua resposta, poderia mencionar o nome de Blye para que não haja engano sobre por qual filha essa pessoa espera conseguir um acordo.

Papai fez um barulho pensativo e assentiu. Logo seus olhos se desviaram para a janela ao mesmo tempo que ele mergulhou em pensamentos. Eu o deixei em silêncio com sua nova camisa e fui para minha própria cama.

Acordei tarde depois de ter dificuldade para dormir na noite anterior. O sol já estava acima do topo das árvores quando saí vestida com minhas calças e a camisa velha de Papai. Terminei de trançar meu cabelo conforme andava para o leste em direção ao rio. Minha bolsa batia gentilmente contra meu quadril, sem nada dentro a não ser um pouco de corda e um gancho. Hoje eu iria pescar.

No riacho, tirei as botas e meias. O frio do solo primaveril penetrou em meus pés, mas ignorei e arregacei as calças. Já tinha pescado antes e sabia dos riscos. Ganchos eram preciosos e, se a linha fosse muito puxada, eu seria obrigada a entrar na água. Voltar para casa com os pés molhados tornariam minha caminhada miserável.

Achei um galho comprido, reto e fino o suficiente para segurar acima da água, mas foi um pouco desafiador. Levei uma boa uma hora, e desejei que não tivesse sido tão imprudente com minha antiga vara no último verão. Havia pisado nela sem querer enquanto jogava feno no celeiro para a cabra. Já que, normalmente, guardava a vara nas vigas, não tinha ideia do motivo de ela estar no chão. Era especialmente cuidadosa com ela pois me dava muita sorte — tínhamos comido peixe por quase três semanas seguidas — até quebrá-la de vez.

Após arrancar raminhos do galho, amarrei a corda na ponta, enfiei o anzol e a coloquei para trabalhar aproveitando uma tarde silenciosa mordiscando ervilhas do outro dia. Logo, tinha peixe suficiente para encher minha corda. Enquanto estava sentada no banco para colocar as meias, um crocito alto veio do outro lado do rio e atrasou meu progresso quando olhei para cima. Pousado em um galho grosso de uma árvore do outro lado do riacho, um corvo me observava com um olho enquanto sua cabeça se virava para o norte.

— Sr. Corvo, está me seguindo? — perguntei, me divertindo. Ele piscou um olho para mim, mas permaneceu quieto.

Contanto que ele só observasse, não me importava com sua presença. Porém, não queria que ele me levasse de volta para a propriedade. Depois de colocar a última bota e amarrar o cadarço, puxei o menor peixe da minha linha e o coloquei no chão.

— Aqui está.

Me levantei e me afastei casualmente. Quando escutei um rápido bater de asas, olhei por cima do ombro e vi o corvo pousar e comer o peixe. Sorrindo, voltei para casa, alongando minhas passadas para que o peixe não ficasse ruim antes de chegar.

Bryn não pareceu feliz quando lhe apresentei uma dúzia de filés.

— Espero que se case logo — ela murmurou. — Não vou tolerar outras três semanas de peixe.

Percebi, então, o que realmente tinha acontecido com minha antiga vara de pescar, e tomei o cuidado de esconder bem a atual antes de voltar para limpar os peixes. Era um trabalho malcheiroso mas o jardim ia bem quando eu enterrava os restos mortais dos peixes.

Me lavando lá fora com um sabão de soda cáustica duro para me livrar do cheiro, não fiquei surpresa quando ouvi asas batendo e um grasnado por perto. O corvo tinha pousado no teto do celeiro.

— Desculpe — eu disse, observando a criatura enquanto secava as mãos. — Enterrei os restos dos outros no jardim.

— Preciso que compre um pouco de farinha — Bryn gritou lá de dentro.

Fiz uma careta. Estava evitando o padeiro desde que ele fora falar com Papai. Por que eu iria entrar logo na loja dele?

— Por favor, peça a Blye.

— Não posso ir! — Blye gritou da janela aberta de nosso quarto. — Estou trabalhando no vestido para mostrar à costureira em Ponte, e Papai me pediu para diminuir uma camisa que ele conseguiu de algum jeito.

Fiquei feliz ao saber que ele não dissera a Blye que eu lhei dei a camisa ou, pior, que a propriedade me deu. Ela insistiria que eu voltasse e tentasse encontrar mais roupas. Mas não gostei que ela se recusasse a buscar farinha.

— Bryn, você não pode ir?

— Prefiro não encontrar

Suspirei. Sua necessidade em evitar Tennen era devido ao orgulho ferido por sua própria estupidez. Meu motivo para evitar o padeiro era autopreservação. Mesmo assim, eu sabia que iria.

— Certo. Vou precisar me trocar. — Não iria andar pela vila usando uma camisa esfarrapada que facilmente mostrava o contorno de meu sutiã.

— Só se apresse — Bryn disse impaciente.

Me segurando para não fazer careta para ela, marchei para nosso quarto, onde Blye estava sentada na cama concentrada em sua costura, e rapidamente troquei para o vestido.

Quando fui para a cozinha a fim de pedir a Bryn o dinheiro que precisava para a farinha, ela me entregou ervilhas. Quis gritar. Em vez disso, saí furiosa para a vila, marchei pela porta da frente da padaria e pedi para falar com a sra. Medunge. Claro que, em vez de chamá-la, a irmã do padeiro foi chamá-lo.

— Benella — ele disse quando passou pela porta dos fundos. — Está tão adorável hoje. O que posso fazer por você?

— Gostaria de trocar estas ervilhas por farinha — falei firme, colocando o pano cheio de ervilha no balcão. Era o mesmo pano que eles tinham emprestado para a farinha da primeira vez.

— Sinto muito, minha querida...

Eu nunca seria sua querida.

— mas não posso trocar. Só aceito dinheiro. Se outros ouvirem que aceitei produto por farinha, ninguém vai querer me pagar de novo, e ficarei com excesso de produtos.

— Entendo. — Peguei as ervilhas com as duas mãos e deixei o pano no balcão. — O pano é seu. Tenha um bom dia. — Me virei para sair.

— Espere. Detesto vê-la saindo chateada. Venha nos fundos e podemos conversar.

Continuei andando, e ele gritou para mim de novo. Depois, fui ao açougueiro e perguntei se ele trocaria um cobre por ervilhas. Ele se desculpou e explicou que tinha aceitado troca no lugar de pagamento nos últimos dias e não tinha dinheiro, afirmação que fazia a cobrança do padeiro ter um grão de verdade. Quando saí, o padeiro estava parado na porta e, em silêncio, acenou para mim do outro lado da rua; mas eu tinha mais uma opção. Cortando pela diagonal pela estrada, usei a ponta da minha bota para bater na porta do produtor de vela.

O produtor de vela abriu a porta para mim depois de muitos minutos, durante os quais tive que aguentar o olhar constante do padeiro.

— Benella, entre — ele disse com um pequeno sorriso. — O que tem aí?

— Ervilhas. Gostaria de trocar? Preciso de um cobre para comprar farinha.

— Ah. — Ele assentiu, compreendendo, erguendo as mãos. Meus ombros se abaixaram de alívio. — O que aconteceu com a moeda de prata?

Gemendo antes que pudesse evitar, admiti:

— Dei a alguém que precisava mais.

— Interessante que a sra. Coalre veio aqui ontem mesmo comprar uma vela. Pensei que eles também estivessem sem dinheiro.

Permaneci quieta e o observei colocar as ervilhas na mesa para que pudesse mexer em uma prateleira.

— Não gosto muito de ervilhas, mas você me deixou ficar com as flores sem pedir pagamento, então não posso lhe negar um pedido tão pequeno. — Ele tirou uma moeda de uma pilha minúscula e me entregou.

— Obrigada — sussurrei, grata por sua gentileza.

— Vá comprar sua farinha, querida — ele disse com um aceno conforme se sentava de novo em sua cadeira.

Jurei a mim mesma que iria me aventurar à propriedade logo e rodeá-la quantas vezes fosse necessário até ela me render mais alguns daqueles raros botões.

O padeiro se iluminou quando me viu sair da casa do produtor de vela, mas franziu o cenho quando viu minhas mãos vazias. Marchei até ele, tirei um pano da minha bolsa — um dos lenços antigos de Papai — e lhe entreguei a moeda sem tentar entrar.

— O que conseguir comprar de farinha, por favor — falei baixinho, tentando manter minha raiva afastada da voz.

Ele se virou e entregou ambos para a irmã.

— Uma mão cheia, nada mais — ele a alertou antes de se voltar para mim com uma careta discreta.

Ficamos a muitos metros de distância, mas senti como se o estivesse encarando grudada nele. Mantive a expressão impassível até ele soltar um suspiro e deixar os olhos se desviarem para meu peito. Felizmente, sua irmã não lhe deixou muito tempo para olhar.

Aceitando a bolsa, rapidamente recuei, encontrando-me com Papai quando ele saía da escola.

— O que estava fazendo? — ele perguntou, olhando a rua atrás de mim.

— Bryn me mandou comprar farinha. — Mantive meu tom agradável, mas ele parou para me analisar.

— Muito indelicada — ele disse antes de começar a andar de novo.

— Mas não foi intencional — eu disse, defendendo-a. — Ela está chateada por Tennen não ter tentado dar uma oferta por ela mesmo ela sabendo que o senhor não concordaria com a união. Ela pensava que ele sentisse afeto por ela e não está enxergando nada além de seu orgulho ferido.

Ele não disse nada. Quando chegamos em casa, entreguei a farinha para uma meio surpresa Bryn e fui me trocar e vestir as calças. Para me ocupar, capinei o pequeno jardim enquanto o jantar estava sendo cozinhado. No silêncio, me lembrei do corvo e olhei para o teto do celeiro.

O corvo tinha desaparecido.

Achei que o peixe à milanesa estava delicioso, mas mantive esse pensamento para mim mesma, temendo por minha nova vara. Todos comiam em silêncio, e me perguntei por quê. Não me deixaram imaginando por muito tempo.

— Acha que vamos ficar sabendo dele hoje à noite? — Blye perguntou.

Papai colocou seu garfo de lado e limpou os dedos.

— Não sei o que pensar. O recado foi notoriamente breve, e não fazemos ideia se o homem em questão está por perto. A viagem pode ter sido o motivo de seu pedido de levá-la com ele ontem à noite. Podemos apenas aguardar para ver.

Ela voltou a comer em silêncio, mas a conversa me fez me esforçar para escutar do lado de fora. Será que sairíamos de manhã e veríamos outro recado na porta?

Na manhã seguinte, não havia nada lá fora. Bryn começou a fazer as malas determinada enquanto Blye voltou para sua costura silenciosa. Papai, por não ter alunos naquele dia, insistiu em me acompanhar na exploração. Normalmente, nos dias em que ele não precisava dar aula, usava o tempo para pesquisar em sua sala. Por já ter mudado muitos de seus livros, sem dúvida sua seleção reduzida tinha algo a ver com seu desejo de me acompanhar.

O sol brilhava forte conforme andávamos na direção da propriedade.

— Nada do pretendente misterioso ontem à noite? — perguntei, já sabendo sua resposta.

— Para a decepção de suas irmãs, não. — Ele acompanhava meu passo, observando as árvores ao nosso redor. Logo, chegamos a uma parte em que a névoa se alastrava pela base das árvores.

— Peculiar — ele disse, olhando para cima.

— O quê? — Olhei para cima, mas vi apenas a mesma vegetação entrelaçada e selvagem que sempre via.

— As trepadeiras nas árvores parecem estar se mexendo — ele murmurou, inclinando a cabeça para observar. — Soube que as que estão perto do muro se movem como se estivessem vivas, mas ainda estamos longe. Imagino que

Eu sabia que elas se mexiam, mas não disse nada, sem querer explicar como eu sabia. A noite em que Tennen quase tinha me pegado ainda assombrava meus sonhos com corrida pela escuridão.

— O lugar que geralmente visito é logo à frente. Da última vez, ofereceu ervilhas em tal abundância que quase chorei por não ter uma bolsa comigo.

— Que estranho você sair sem ela — ele disse, focando em mim de novo.

Xingando meu deslize por dentro, sorri timidamente e dei de ombros. A névoa ficava mais densa conforme seguíamos para a propriedade até vermos apenas a área logo ao nosso redor. Pensei na ameaça incomum dela.

— Talvez devêssemos voltar — sussurrei, parando abruptamente para analisar a neblina à nossa volta.

— Fico feliz que pense assim — ele respondeu tão baixinho quanto falei. — Fiquei quieto, confiando em sua experiência de guia, mas a sensação que este lugar

Me girei na direção dele e vi trepadeiras se enrolarem em sua cintura. Seus olhos se arregalaram em choque.

— Papai!

Voei na direção dele, agarrando as trepadeiras, mas elas não soltaram. Mais delas se rastejaram até ele, começando um barulho de arrastar lento familiar que eu sabia que iam levá-lo até a propriedade. Ele viu o medo na minha expressão e tentou me assegurar.

— Fique aqui, Benella. Vou voltar logo. Essa é só minha primeira invasão.

Eu o acompanhei, mas as trepadeiras o ergueram para o topo das árvores e fora da minha vista.

— Não me siga — ele gritou em alerta. — Você já invadiu muitas vezes.

Ignorando seu aviso, virei e corri cegamente para o portão. Arfando, cheguei e ouvi o barulho de ele se abrindo, mal conseguindo enxergar as barras diante de mim por causa da névoa.

— Por favor — implorei. — Meu pai não quis invadir; ele estava apenas me seguindo.

Um rosnado começou na névoa escura à minha direita, e eu sabia que a fera me esperava.

— Você me recusou?

Preocupada com meu pai, fiquei confusa até perceber do que ele estava falando. O baú. Fingi que não tinha entendido. Se a fera continuasse conversando comigo, não poderia lançar meu pai por cima do muro.

— Se me lembro, não recusei seu último pedido de mim. Ainda estou com a camisa para provar — respondi, levemente sem fôlego.

— O baú — ele disse.

— O baú que alguém deixou para minha irmã Blye? O que tem ele?

— A oferta era para você — ele disse em um rosnado baixo e enganoso que me deixou nervosa.

Sua resposta direta me surpreendeu.

— Para mim? Por que eu precisaria de todos aqueles tecidos? Eu não costuro. Blye costura.

— Você queria uma camisa. Ofereci os meios para se costurar muitas camisas.

Eu não sabia o que dizer, exceto:

— Por quê? Por que fez uma oferta para mim?

— Não precisa se preocupar com isso — ele rosnou frustrado. — Vai aceitar?

— Não posso.

Os pássaros nos arredores gritaram em protesto quando o rosnado de raiva dele preencheu o ar e fez uma dúzia de pássaros saírem voando.

— Há apenas alguns dias, você estava deitada no chão, me dizendo que não se importava se vivesse ou morresse. Dando tão pouco valor à sua vida, por que não concorda com minha oferta?

Com esforço, mantive a voz baixa e serena a fim de esconder meu medo.

— Valor é uma coisa esquisita, sujeito a extravagância. O que um pode dar valor, outro pode não dar; o que tem valor hoje pode não ter valor amanhã, dependendo dos desejos e das necessidades do indivíduo que avalia. Você mesmo prova isso com o exemplo que acabou de dizer. Há muitos dias quando eu estava deitada no chão indiferente do que meu destino poderia decidir, você não estava tão interessado em mim. A questão é que nenhum de nós entende o motivo de mudarmos de ideia.

Ele permaneceu em silêncio, talvez pensando se eu tinha mais a dizer em relação ao assunto. Mas não queria pressioná-lo mais, então deixei o que eu disse pairar no silêncio por um tempo até falar de novo.

— Meu pai?

— Está ileso — ele disse baixinho logo atrás de mim. Meu estômago se retorceu com surpresa, mas consegui reprimir qualquer outra reação por sua proximidade inesperada.

— Posso tê-lo de volta, por favor?

Gentilmente, ele tocou minha nuca, um único carinho no meu cabelo da cabeça até a ponta da minha trança, que terminava no meio do caminho. Ele ergueu a trança e a puxou levemente. Fiquei paralisada diante dele, escutando minha respiração pesada ao me lembrar da última vez que ele me tocou quando pensei que ele fosse um cobertor de pele.

— Vou devolvê-lo a você inteiro e saudável na esperança de que talvez mude sua resposta, Benella — ele disse com os dedos entrelaçados em meu cabelo, desfazendo minha trança.

Assim que meu cabelo se soltou, ele desapareceu.

Após alguns instantes, escutei o farfalhar das folhas acima, e a névoa se ergueu o suficiente para eu enxergar

Papai amarrado nas trepadeiras no alto. Assim que ele me viu, olhou intrigado em volta, parecendo preocupado.

— Vá, filha! — ele gritou com um tom de urgência. As trepadeiras começaram a se esticar para baixo a fim de trazê-lo para o chão. — Acabei de ouvir o rugido da fera e sei que ele deve estar perto me esperando. Você não deveria ter entrado.

Permaneci ali apesar de sua urgência de que eu fugisse. Quando seus pés tocaram o chão, as trepadeiras soltaram e, então, voltaram para suas origens.

— Que experiência maravilhosa — ele disse, observando-as por um instante antes de se lembrar onde estávamos e da iminente ameaça da fera.

— Por aqui — indiquei a ele para seguir antes que pudesse dizer alguma coisa. Passamos pelo portão, que se fechou atrás de nós com um som metálico.

Pelos dias seguintes, fiquei longe da propriedade, não por medo, mas porque Papai me proibiu de voltar. Sofri para encontrar qualquer coisa na área fora dos limites da propriedade. Embora a pesca fosse abundante, eu sabia que Bryn e Blye se cansavam de peixe. Bryn tentou me persuadir para fazer outra visita ao padeiro; mas sem nada para trocar e sua falta de vontade em compartilhar uma moeda, deixei-a brava e fui pescar.

Durante esse período, nós entretemos muitos pretendentes, os quais minhas duas irmãs rejeitavam logo de cara. Papai assentia toda vez, aceitando a resposta delas; porém, eu via a preocupação tomar sua expressão. Então, certo dia, com aceitação solene, ele disse que deveríamos começar a empacotar nossos pertences para partir na manhã seguinte. Nenhuma de nós o questionou, mas todas ficamos imaginando como iríamos morar na casa com dois quartinhos minúsculos.

Pela manhã, Papai foi até o ferreiro para pegar emprestada a carroça que usara da última vez. Colocamos o resto dos livros nela, a cama de Papai e a de minhas irmãs, nossos baús, utensílios de cozinha e o que restava da nossa comida. A escrivaninha, a mesa e a outra cama ficaram na casa para atrair o próximo professor. Enquanto trabalhávamos, um corvo crocitava para nós incessantemente.

Quando carregamos a carroça, Bryn e Blye subiram no banco com Papai enquanto eu fiquei atrás. O corvo se silenciou quando Papai comandou os cavalos, e eu imaginei o que ele falaria para a fera.

Entramos na estrada principal da cidade, e eu notei o açougueiro do lado de fora de sua porta, acenando em despedida. O padeiro observava das sombras de seu alpendre, mas eu fingi que não o vi. Sara estava parada perto da bigorna silenciosa do ferreiro, olhando para o chão. Imaginei o que seria dos acordos do seu marido com o padeiro, sabendo que a moeda de prata já tinha acabado.

Saindo da vila, a carroça se chacoalhou pesadamente para o norte até a estrada fazer uma curva perto da propriedade. Lá a floresta permanecia estranhamente escura e em silêncio até ela também desaparecer de vista. Em uma carroça, mesmo que estivesse machucando minha bunda, com certeza era uma viagem mais agradável para Ponte Inundada.

Chegamos bem antes do almoço, e Papai tomou uma rota discreta para nosso novo lar, evitando passar pelos comércios questionáveis. Trabalhamos juntos para descarregar nossos pertences, amontoando-os no cômodo principal na casinha. Então Papai levou a carroça de volta ao ferreiro. Enquanto ele estava fora, Blye pegou seu vestido precioso e foi até a costureira, que concordou em contratá-la, mas não poderia oferecer abrigo.

Bryn e eu colocamos a cama de Papai no cômodo principal e arrumamos a cama delas no quarto privativo de solteiro. Com esforço, também conseguimos carregar os três baús. Quando terminamos, olhamos desanimadas para nossa casa.

A cozinha era equipada com um fogão e uma pia seca como nossa cabana anterior. Perto do fogão, havia uma mesa para dois com duas cadeiras. Nem a três passos dali, estava a cama de Papai contra a parede dos fundos entre a porta para o jardim e a porta para nosso quarto. Uma lareira, espertamente colocada no interior da parede, trabalhava para aquecer o cômodo principal e o outro quarto. Diante do fogo, uma poltrona desgastada e macia iria receber um professor exausto. À direita da lareira, logo antes de uma janela que dava para a frente da casa, estavam uma escrivaninha e muitas prateleiras já cheias com os livros de Papai. À direita disso estava a porta da frente, finalizando meu tour lento.

Com toda sinceridade, aquela casa tinha sido feita para um homem solteiro ou um casal. Papai não tinha espaço para nenhuma de nós.

Pedindo licença, saí para uma caminhada a fim de verificar o mercado. Melhor conhecer os custos e quem estaria disposto a trocar logo. Ao entardecer, eu tinha determinado que a única coisa que havia mudado era o tamanho de nossa casa. No entanto, pelo menos eu não precisava me preocupar com o padeiro ou com os filhos do ferreiro.

Suspirando, voltei à nossa casa de mãos vazias. Papai já tinha arrumado seus livros, e uma versão bem aguada de ensopado me aguardava.

Comemoramos a primeira semana de pagamento de Papai comprando carne e farinha. Depois de não comer nada no dia anterior, todos nós ansiávamos pela torta de carne que Bryn tinha feito. Quando mordi meu pedaço de torta de carne e o molho escorreu pelo meu queixo, pensei que nada poderia ter melhor gosto. No entanto, esses suprimentos acabaram muito rápido, e voltamos a passar fome. Vi que o lenço de Papai parecia um pouco mais comprido e a camisa que Blye diminuíra para ele estava um pouco mais folgada. Meu próprio vestido sobrava um pouco na minha cintura agora.

O que realmente me incomodava era o sucesso de Blye na loja de vestido. Ela chegava em casa contando empolgada sobre suas clientes, mas nunca sobre seu pagamento. Depois de duas semanas morando em Ponte, ela chegou em casa com um vestido novo, dizendo que precisava se arrumar para trabalhar em uma loja tão refinada. Ela tinha dado seu antigo vestido para Bryn, que aceitou com um sorriso de agradecimento e um comentário de que um segundo vestido seria conveniente.

Naquele dia, peguei minha bolsa e saí da vila para explorar. O campo lá perto tinha sido perfeitamente limpo, então segui para a direção que conhecia. Não muito depois de passar pela ponte, parei até a onda curiosa de tontura passar.

Caminhei penosamente para o leste, procurando sinais da propriedade. Assim que vi a névoa se rastejando na base das árvores, suspirei de alívio e virei para o norte em direção à neblina. A saída com meu vestido ainda não era ideal para colocar armadilhas, mas era a única coisa que eu tinha que poderia usar em Ponte. A camisa velha de Papai daria ideias lascivas a muita gente.

Cedo demais, cheguei ao muro e virei para seguir a leste — ignorando o portão que se abriu a convite. Finalmente, cheguei à área do solo que geralmente dava um pouco de recompensa. A visão de topos marrons de batata murcha me recebeu. Usando as mãos, colhi tudo até minha bolsa ficar cheia de globos marrons. Quando me levantei, o peso me fez encolher. Carregar cinco quilos extras dali até Konrall não seria problema, mas para Ponte? Seria uma jornada difícil. Mesmo assim, eu torcia para que tivesse pego algo nas armadilhas também.

Refazendo meus passos de volta, me aproximei do portão e quase gritei quando fui puxada por trás para o centro da escuridão. Duas mãos fortes seguraram meus braços e me prenderam em uma estrutura enorme e peluda.

Não me virei para olhar. Eu sabia quem era, mas ainda permaneci incerta quanto ao seu humor.

— Vai aceitar e ficar, Benella? — ele disse baixinho.

Oito

— Não posso

— Então por que voltou? — ele rugiu, machucando meus ouvidos e me jogando para longe com tanta força que tropecei e perdi algumas das preciosas batatas.

— Porque estou faminta! — Brava, peguei uma que caiu, me virei e joguei na escuridão. O barulho abafado da batata acertando um alvo na névoa escura me fez rapidamente me arrepender da minha perda de controle.

— Desculpe — sussurrei.

— Se tivesse ficado, não estaria com fome.

Uma declaração muito ampla e tola. Talvez não tivesse ficado com fome porque estaria morta. Guardei meus pensamentos para mim e esperei.

— Então veio de Ponte só por comida?

Ele soava muito calmo, e isso me preocupou.

— Sim — eu disse.

— Da minha propriedade?

Assenti com a garganta de repente apertada.

— Então acho que é justo eu pedir algo em troca.

Me lembrei do último preço dele e comecei a baixar a bolsa de batatas até o chão. Eu não faria isso de novo. Não estava em uma situação tão desesperadora.

— Espere. Antes de recusar meu preço e voltar para casa sem nada, além de unhas cheias de terra, me escute.

Parei com a bolsa quase tocando o solo.

— Vou, generosamente, lhe dar o tanto de comida que puder carregar em troca de uma hora de seu tempo.

Balancei a cabeça e coloquei a bolsa no chão, mal vendo as batatas caírem para fora.

— Teimosa — ele gritou em quase um rugido desarticulado. — Por que não?

— Eu já disse; não sou prostituta.

Ele rosnou alto e longo, o som se moveu à minha volta conforme ele me circulou. Desejava poder ver através da névoa.

— Quem disse alguma coisa em ser prostituta? — ele disse enfim. — Preciso de alguém que limpe a propriedade.

Não consegui esconder minha surpresa.

— Que só limpe?

— Sim — ele confirmou.

— Então eu aceito — disse, rapidamente me abaixando para pegar as batatas. Antes de pegar a última, ele me obrigou a segui-lo.

Só era guiada pelo som de seus passos, porque, conforme andávamos, a névoa densa parecia nos seguir, ou pelo menos me seguir. Era desorientador andar sem ver nada à frente. Bom, não sem ver nada, mas vendo menos do que dois passos diante de mim era pouco encorajador com o ritmo rápido dele. Andamos bastante, então, de repente, a mesma porta da minha visita anterior apareceu à frente.

Abri a porta e entrei. Por um instante, enxerguei um pouco; então a luz entrou no cômodo pelas janelas altas. Por um momento, imaginei que a névoa que me acompanhara tivesse desaparecido. Mas o estado da cozinha me distraiu. Estava exatamente como eu a deixara, a tina grande de ponta-cabeça perto da lareira gelada e a mesa virada de lado para criar uma tela de privacidade.

— O que gostaria que eu limpasse? — perguntei.

O silêncio me respondeu.

Balançando a cabeça, comecei a trabalhar arrumando o máximo que podia da cozinha enorme. Coloquei as prateleiras de volta de pé, depois as arrumei com os variados potes de tempero e colheres de mexer que estavam jogadas no chão. Separei uma das metades da mesa e coloquei lenha na lareira. Muitas cadeiras, quebradas sem chance de conserto, se uniram à pilha crescente. As cadeiras que sobraram, as quais eu tinha esperança de conserto, coloquei perto de uma parede. Não sobrou nada no chão, além de poeira e detritos carregados pelos anos, quando terminei.

Embora soubesse que passaria mais tempo do que a hora barganhada limpando, saí à procura de grama e galhos para fazer uma vassoura rústica. Quando finalizei, passei mais um bom tempo varrendo. Satisfeita com meu trabalho, varri o que sobrou para fora da porta e fui para o balcão a fim de pegar meu prêmio, a bolsa de batatas.

Quando me voltei para a porta, vi a neblina escura rodeando na direção dela e sabia que a fera se aproximava. Extinguiu o sol que brilhava pelas janelas e lançou uma escuridão prematura no cômodo. Meus olhos não se adaptaram rápido o suficiente para vê-lo entrar, mas meus ouvidos flagraram seus pés se arrastando no piso de pedra conforme ele ia em minha direção.

— Você cumpriu mais que sua parte do trato. Vai voltar amanhã?

— Não vou abusar da sua generosidade — declinei com cautela. — Tenho o bastante para nos alimentar por uma semana se tivermos cuidado.

— Uma semana? — Ele bufou. — Volte amanhã, e terei tomates maduros para você.

Minha boca se encheu de água.

— E o preço?

— O mesmo. Uma hora de limpeza.

Franzi o cenho enquanto pensava na oferta. Ele tinha me deixado sozinha para limpar desta vez, mas faria a mesma coisa da próxima? E por que de repente queria que alguém limpasse para ele? Provavelmente só teria comida e respostas se eu retornasse.

— Te vejo amanhã — eu disse.

Ele grunhiu e fez outro barulhinho tão baixo e tão curto que não consegui saber o que era ou o que significava.

Ele me levou para o portão, depois sumiu. A caminhada para casa não foi tão terrível como pensei. Eu tinha um coelho para carregar além das batatas, mas foi a promessa dos tomates no dia seguinte que deixou meus passos mais leves. Antes de voltar à casa, troquei metade das batatas por moeda, torcendo para não estar cometendo um erro, e comprei um pouco de aveia e leite para o café da manhã. Morar em Ponte não possibilitava que tivéssemos espaço para uma cabra; e Bryn a tinha vendido para o açougueiro. Me perguntei aonde a moeda tinha ido. Quando entrei com as batatas, o leite, a aveia e o coelho, fiquei surpresa por Bryn não estar lá. Coloquei os produtos no armário da cozinha e fui me limpar antes que alguém voltasse. Meu vestido estava sujo de poeira da limpeza, então coloquei minhas calças e camisa para levar o vestido lá fora e tomar um ar, o que significava pendurar na corda esticada entre as árvores e bater a poeira dele. Quando terminei, peguei água do nosso poço privado para lavar as mãos e o rosto.

Quando Bryn retornou, já estava usando meu vestido de novo e lendo um livro sentada confortavelmente na poltrona estofada diante da lareira. Ela perguntou onde eu tinha conseguido a comida, e eu perguntei onde ela estava. Ela não respondeu, nem eu. Ela acendeu o fogão, e eu a escutei começar a preparar o jantar. Tentei não deixar que minha boca salivasse.

Papai não disse nada quando nos sentamos para jantar coelho e batatas assadas, apesar de ter olhado para mim. Assim como Blye e agora Bryn tinham seus segredos, ele também tinha. Nenhuma de nós sabíamos onde ele dava aula; e, quando perguntávamos, ele mudava de assunto.

Na manhã seguinte, depois de uma refeição reconfortante de mingau de leite com aveia, saí para a propriedade mais bem preparada.

Como fizera no dia anterior, coloquei armadilhas no limite da neblina antes de me virar ao norte em direção ao portão. A névoa densa do dia anterior não reapareceu quando o portão se abriu com um guinchado alto e agudo. Em vez de ignorar o convite para entrar e continuar no caminho de terra, passei pelo portão. Queria deixar os tomates na trepadeira até o último minuto.

No território da fera, apenas um pequeno sinal de névoa branca se agarrava no ar. Andando para o norte, onde pensei que estaria a casa, arfei quando vi uma imensa estrutura. Contei duas janelas na área da cozinha e quatro na construção principal, que seguia para longe para o meio das árvores. Eu poderia facilmente limpar uma hora todos os dias pelo ano seguinte.

Lá dentro, olhei meu trabalho do dia anterior com satisfação. No bloco de cortar carne no meio da cozinha, havia um recado aguardando perto de um prato com queijo, pão e uma caneca com água gelada.

Coma e descanse antes de continuar seu trabalho na cozinha.

Coloquei a bolsa ao lado do prato e bebi rapidamente. Então olhei em volta na cozinha, pensando no que mais ele gostaria que eu limpasse, até eu ver quatro portas na cozinha que estavam trancadas no dia anterior. Agora estavam todas abertas. A primeira porta levava para um cômodo comprido com três camas alinhadas. A poeira cobria tudo. A outra porta levava a um corredor. Andando no corredor, encontrei um lance de escadas que adentrava na parede esquerda. Elas desciam até a escuridão, e um vento frio subia de lá e envolvia meus tornozelos. Continuei andando e encontrei uma porta à direita que levava a um armário de lençóis. Tudo naquele cômodo era branco e novo, exceto, de novo, por um pouco de pó. A porta no fim do corredor permanecia trancada embora eu não visse nenhum buraco de chave.

Me virando de volta, refiz meus passos até a cozinha. Ali, levei minha bolsa ao quarto dos criados e rapidamente me troquei antes de explorar outras portas fora da cozinha. Um cômodo comprido possuía uma variedade de comida, todas parecendo surpreendentemente frescas. O próximo levava a uma pequena sala de estudo preenchida com prateleiras de livros. Curiosa, peguei um livro e o abri em uma página que detalhava como tirar as penas e rechear uma codorna. Livros de como cozinhar. Que ideia esplêndida. Relutante, devolvi o livro e voltei para a cozinha principal.

Embora tivesse feito um bom trabalho, a lareira ainda precisava de atenção. Endireitando os ombros, comecei a trabalhar.

Uma hora mais tarde, havia tirado as cinzas e varrido toda a pedra. Não estava tão suja quanto eu pensara. Coloquei novas lenhas agora, deixando pronta para acender caso alguém precisasse, e peguei o último balde de cinzas. Lá fora, conforme as joguei a alguns metros da porta nas ervas daninhas crescidas, vi uma massa de névoa escura se rodeando em minha direção.

Voltei rápido para dentro e fui até a água que eu tinha pego depois de esvaziar o primeiro balde de cinzas. O vento pegara o pó preto e tinha me empoeirado com generosidade. Ao deixar a água parada por uma hora, conseguiria usá-la sem tremer. Rapidamente lavei as mãos e o rosto. A porta se abriu quando eu estava pressionando uma toalha no rosto para secá-lo.

Quando abri os olhos, conseguia ver apenas o contorno fraco dos objetos na cozinha agora familiar. A sombra da fera apoiada nas quatro patas estava lá dentro. Suas costas eram facilmente da altura dos meus ombros. Eu conseguia identificar bem pouco mais dele. Mesmo assim, o pouco que via era suficiente para fazer meus joelhos se enfraquecerem. Eu preferia a névoa.

— Você progrediu ontem — ele disse com um estrondo baixo.

Franzi o cenho para ele.

— O trabalho de ontem foi mais fácil. — Ele grunhiu em resposta. — Vou só pegar meus tomates e ir para casa.

— Você vai ficar, Benella? — ele perguntou baixinho, me confundindo.

Ele não tinha acabado de reclamar do meu serviço? Eu estava relutante em continuar a lhe dar a mesma resposta que ele recebera tão penosamente no passado, mas não tinha motivo para responder diferente.

— Não posso — eu disse.

Ele se virou e saiu com um rugido. Gradativamente, o sol começou a preencher de novo o cômodo. Perto da porta, havia tomates suficientes apenas para preencher minha bolsa. Corri para me trocar e usei minhas roupas sujas para guardar as bolas redondas e macias.

Quando cheguei ao portão, a névoa da fera me rodeou de novo, me obrigando a parar de andar.

— Amanhã, haverá carne se você retornar. Quanto puder levar para casa em troca de uma hora de limpeza.

Eu sabia que venderia a maioria dos tomates, já que eles não duravam muito. A moeda poderia comprar carne ou poderia ser usada para comprar mais leite e aveia. Assenti, concordando, e a neblina se ergueu o bastante para eu ir para casa.

Como fiz no dia anterior, cheguei antes de qualquer outra pessoa. Quando Bryn voltou, gostou dos tomates mas não questionou como os consegui; e eu, em troca, não lhe perguntei onde ela esteve.

Desde que nos mudamos, eu dormia na cama de Papai e ele, em sua poltrona, já que não havia espaço para mim com minhas irmãs. Ele fazia pouquíssimo barulho quando se levantava e ainda não me acordava. No entanto, exausta do meu dia de trabalho, caía no sono cedo. Até o menor barulho teria me acordado na manhã seguinte.

No escuro, eu o escutei se vestindo, depois saindo pela porta dos fundos. Quando ouvi o arranhar do balde, conforme ele o baixava para pegar água, me levantei rapidamente da cama, me vesti, depois me enfiei de novo debaixo das cobertas. Eu queria respeitar o desejo não dito de Papai de manter privado o lugar onde ele dava aula, mesmo assim, seu segredo me preocupava. Eu poderia aceitar o segredo de Bryn e Blye. Fazia parte de quem elas eram. Mas Papai nunca tivera segredos antes.

Ele entrou novamente em silêncio, mas não comeu. Só se lavou e pegou seus materiais para o dia antes de sair pela porta da frente.

Saindo das cobertas, rapidamente passei pela porta da frente e comecei a segui-lo.

Ele foi para o centro da cidade, passou pela casa do Líder, depois diminuiu o passo antes da casa das Irmãs Sussurrantes. Ali, ele foi para a porta dos fundos e assentiu para o guarda parado em pé. O guarda começou a assentir em resposta, mas, então, me viu. Papai se virou e me viu ali parada meio escondida detrás de uma árvore.

Mesmo com essa grande distância, vi seus ombros caírem. Saí de trás do meu esconderijo, mas permaneci perto da árvore quando ele se virou para andar na minha direção. Meu coração quis alcançá-lo. Ele era um homem de caráter e não entendia como uma mulher poderia se submeter a tal troca. Conversamos bastante sobre isso em várias ocasiões durante jantares de família. Eu sabia que os sermões eram para nos ajudar, as suas filhas, a ficar inocentes para nossos futuros maridos.

O fato de ele ter aceitado um cargo de professor na casa das Irmãs Sussurrantes para educar as mulheres deve tê-lo incomodado bastante. E eu sabia por que ele fizera aquilo. Para me tirar de Konrall. Para me manter segura.

Quando parou diante de mim, seus olhos culpados encontraram os meus.

— Benella, eu…

— Não comeu seu café da manhã. Não pode continuar fazendo isso. Estou vendo que está perdendo peso. Sem o senhor, não tenho ninguém, Papai. — Seus olhos se arregalaram surpresos. — Eles lhe oferecem comida?

Ele balançou a cabeça lentamente e eu sabia que o havia confundido ao não perguntar por que ele tinha ido lá.

— Então diga para o homem na porta que vou voltar com comida para o senhor. — Ele abriu a boca para protestar. — Não vou entrar. Só vou entregar para ele. Coma tudo.

Antes de ele poder se opor, me virei e fui para o mercado. Lá, comprei três salgados de massa folhada com a moeda que tinha sobra do dia anterior. Comi um e entreguei dois para o guarda com olhar rígido na porta dos fundos.

— O segundo é para você para garantir que meu pai coma o dele — eu disse.

Os lábios do homem se curvaram discretamente, e eu esperava que isso signficasse que concordava. Eu o agradeci e, então, segui meu caminho.

A caminhada pela rua do mercado era tranquila de manhã bem cedo com apenas o cheiro do pão assando como companhia. O moinho estava em silêncio quando passei por ele e comecei minha caminhada por cima da ponte.

Ao chegar ao limite da propriedade, verifiquei as armadilhas que deixara na noite anterior e fiquei decepcionada ao ver que elas continuavam vazias. A isca que eu colocara tinha sumido. Eu as desarmei e fui para a propriedade.

Em vez de um recado, um veado enorme aguardava na salinha de cortar carne, junto com um barril vazio e um saco de juta de sal. Franzi o cenho para aquilo tudo. Tinha visto Bryn salgar a carne quando eu era mais jovem, mas não fazia ideia das particularidades.

Indo ao escritório, folheei os livros por mais de uma hora antes de encontrar um falando sobre salgar carne de porco. Dando de ombros, usei aquilo como guia para fazer o melhor que poderia. Estava acostumada a tirar a pele e limpar animais pequenos. Um maior exigia mais tempo e mais sujeira. Minhas roupas ficaram salpicadas por sangue e meus braços manchados com ele. Antes de chegar à metade, acendi o fogo a fim de começar a esquentar água. Precisaria lavar minha camisa.

Logo, o barril estava cheio de carne, sal e água. Coloquei a tampa e tive dificuldade em levá-lo para a despensa. Ali encontrei tecido encerado que usaria para embrulhar sobra de carne que queria levar para casa. A carcaça grande brilhando na salinha do açougue me intimidava. Não fazia ideia do que fazer com ela. Não poderia simplesmente jogar para fora da porta como tinha feito com as cinzas e os detritos.

— Sir — chamei educadamente, pensando em um título melhor que fera. — O que é para eu fazer com as sobras? — Uma névoa escura entrou como um redemoinho na cozinha quase que imediatamente, e escutei o arrastar de seus pés no chão. Pensei se ele estava tão perto o tempo todo. Alguns ruídos de movimentação e, então, silêncio. A névoa só durou um tempo e, quando desapareceu, a carcaça tinha sumido, deixando a salinha apenas manchada de sangue.

Esfreguei a superfície com uma escova que encontrei, depois enxaguei toda a mesa. Meus braços estavam cansados de toda a água que tive de bombear. Finalmente, fui para a água quente e a derramei na tina grande junto com um pouco de água fria. Tendo sido enganada uma vez, eu não ia me banhar de novo. Em vez disso, tirei a camisa, sabendo que meu sutiã escondia as partes importantes, e lavei os braços e o rosto. Minha camisa foi para dentro da água suja. Conforme a estava enxaguando, a névoa retornou. Não fiquei surpresa.

— Diga que vai ficar — a fera disse baixinho.

Eu podia sentir seus olhos em mim quando me levantei e estendi a camisa no encosto de uma cadeira perto do fogo.

— Me diga por que quer que eu fique — eu disse, me inclinando para esvaziar a água da tina com um balde pequeno.

Ele permaneceu quieto enquanto eu me movia da tina para a porta muitas vezes. Esvaziei a tina e a virei para me sentar nela. Ele foi para trás de mim e tocou meu cabelo.

— Vai voltar amanhã? — ele perguntou em vez de responder minha pergunta.

— Não sei — respondi sinceramente, pensando em meu pai. Precisava falar com ele sobre o motivo de ele ter ido às Irmãs Sussurrantes. Eu tinha certeza de que era como professor, mas por que esconder?

A fera rosnou atrás de mim.

— Depois de amanhã, então.

Assenti, sabendo que precisávamos de comida, e eu não seria capaz de ficar longe por muito tempo.

Quando Papai saiu na manhã seguinte, eu não fingi estar dormindo. Em vez disso, me levantei com ele. Não havia mais aveia. Eu só tinha conseguido adquirir uma pequena quantidade, e Bryn tinha salgado a carne para guardar para tempos difíceis. Imaginei quanto podia ficar mais difícil até podermos comer a carne, mas não protestei sua decisão. No entanto, não tinha mais nada para eu e Papai comermos na despensa. Ele não disse nada, nem eu.

Saímos juntos, e o acompanhei o caminho todo até as Irmãs Sussurrantes, depois lhe disse que voltaria com um salgado. Ele assentiu e entrou.

Usando minha última moeda de cobre, comprei para ele um salgado fresco da padaria mais próxima. O recheio escorria em minhas mãos, e rapidamente o lambi enquanto voltava para o local de trabalho do meu pai. O guarda não ofereceu para levar o salgado. Em vez disso, abriu a porta e assentiu para que eu entrasse.

Meu estômago se afundou com empolgação. Ver a casa por dentro era algo que nunca tinha imaginado. Serviam apenas convidados homens, e as únicas mulheres permitidas eram as que trabalhavam ali. Contive meu entusiasmo ao entrar.

Uma música baixa vinha pelos corredores junto com a fumaça enjoativa. Minha cabeça começou a girar conforme andei pelo corredor à meia-luz. Uma mulher andou em minha direção. Ela usava apenas seu véu cinza facial, seus seios pesados com os mamilos escuros e uma cabeleira entre as pernas visíveis para qualquer um que quisesse olhar. Tentei não olhar, mas não aguentei. Até para se trocar em casa, minhas irmãs e eu nos dávamos privacidade.

Quando meus olhos correram de sua cabeça aos pés, vi que ela carregava uma xícara. Me movi para o lado conforme nos aproximamos, mas ela parou e ergueu a xícara para mim. Hesitei em pegá-la.

— Obrigada, mas estou aqui só para trazer uma coisa para meu pai, sr. Hovtel, comer.

— Eu sei, criança. Beba o chá para a fumaça não incomodá-la. — Ela ergueu a xícara de novo, mas eu não reparei. O som de sua voz me deixou maravilhada. Era tão baixa que tive que me esforçar para escutar, e tinha uma qualidade de suspiro que mostrava um anseio oculto.

— Como fala assim? — perguntei, entrando no mundo do meu pai de observação e estudo. Eu era sua filha, afinal de contas.

Ela riu de novo.

— Depois de você alimentar seu pai, vou lhe ensinar se quiser.

Assenti, aceitei a xícara e bebi. Quase que imediatamente, parou um pouco de girar. Assim, percebi que eu ainda encarava os seios dela; e rapidamente olhei para cima a fim de encontrar seus olhos através do véu. Vi que ela estava se divertindo.

Ela pegou a xícara de volta e me levou para o fim do corredor. Não conseguia evitar de olhar para sua bunda conforme ela andava. Cada movimento parecia ser lento e arredondado, uma dança suave para chamar atenção a diferentes áreas de seu corpo. Não me sentia atraída, mas a curiosidade era muito grande. Sem vergonha em um único movimento, mesmo quando ela se abaixou para acariciar um gato que passeava pelo corredor, me dando uma visão clara de sua bom, de tudo.

Ela me surpreendeu ao parar de repente diante de uma porta. Deu tapinhas na superfície em vez de bater, depois abriu. Ela fez sinal para eu entrar e me seguiu. Papai estava sentado a uma escrivaninha, parecendo decididamente desconfortável enquanto ensinava matemática a quatro alunas bem nuas e cobertas com véu.

A voz dele parecia extremamente alta depois da forma como minha guia tinha falado comigo.

Quando ele me viu, seus olhos se arregalaram de surpresa, e eu mostrei com um gesto arrependido o salgado. Ele obviamente não me queria socializando com suas alunas por motivos bem óbvios.

Uma de suas alunas, que estava recostada antes da mesa dele, se levantou graciosamente e pegou o salgado de mim.

— Vejo você à noite — Papai disse, soando rígido.

Assenti e saí sem dizer uma palavra, e minha guia fechou a porta para mim.

— Ainda gostaria de aprender, filha de nosso professor? — ela sussurrou baixinho ao meu lado.

Não conseguia pensar em nada que queria mais naquele momento, mas sabia o que meu pai ia pensar. Ou não? Como ela apontou, meu pai era acadêmico. Mais do que ninguém, entendia o que significava ter uma curiosidade profunda. Ele frequentemente mandava que eu buscasse conhecimento com obstinação. Será que ele faria isso desta vez?

Decidida, assenti. Ela me levou a um lance de escadas no fim do corredor. Um deles levava para baixo, onde eu conseguia escutar sons suaves de água, e o outro levava para cima. A luz brilhante e a risada extravasavam de lá de cima.

Ela hesitou.

— Talvez seja menos chocante se formos para a sala de banho. Parece que a maioria das minhas irmãs estão lá em cima.

Sem aguardar resposta, ela desceu as escadas iluminadas por vela e chegamos a um cômodo enorme no subsolo. Tecidos tingidos de vermelho cobriam as paredes de pedra, e tinas enormes cheias de água quente estavam espalhadas pelo cômodo. Uma abertura em arco cobria outro pedaço de tecido vermelho que levava para fora do cômodo.

Uma única mulher, usando o mesmo estilo de véu que minha guia, ocupava uma das muitas tinas.

— Bom dia, irmã — minha guia sussurrou. — Estamos te atrapalhando?

— Nem um pouco. Quem é sua amiga? Uma nova irmã?

Minha guia riu, um som agudo que me fez sorrir.

— A filha curiosa do nosso professor. Ela gostaria de saber como aprendemos a falar assim.

— Venha se sentar perto de mim. Eu gostaria de escutar — a mulher pediu, levantando-se para apontar as almofadas colocadas no chão perto da tina. Além da cadeira de meu pai, eu não tinha visto outra coisa além de almofada para se sentar. Me sentei ao lado da minha guia. A mulher na tina não se sentou até nos sentarmos, tornando impossível evitar olhar tudo acima da água que cobria seus joelhos. Seus pequenos mamilos, rosados pela água quente, apontavam dos seios grandes. Nenhuma cabeleira cobria suas partes baixas ou membros.

— Qual é seu nome, criança? — ela perguntou, um sorriso curvando sua boca. O véu caía no topo de seu lábio superior.

— Benella — sussurrei de volta. Não tive intenção de sussurrar, pelo menos não de propósito. Só parecia muito quieto e tranquilo para falar normalmente.

Ambas riram um pouco. A que estava na tina se apresentou como Aryana e minha guia como Ila.

— Por que falou sussurrando? — Aryana perguntou.

— Parece errado não fazê-lo. Tudo aqui é quieto e tranquilo. Não queria atrapalhar isso.

Ila esticou o braço e deu um tapinha em meu braço com um sorriso.

— É por isso que falamos dessa forma. Para trazer paz a outros, devemos manter a paz em nós mesmas o tempo todo. Passamos por dificuldades; mas, quando acontece, nos rodeamos por nossas irmãs até a paz retornar. Falar como nós requer prática, mas também uma paz profunda.

— Beber chá todo dia também ajuda — Aryana interrompeu com ironia. — Depois de beber por tempo prolongado, o chá deixa nossa voz rouca, fazendo com que seja desconfortável falar acima de um sussurro. Também adiciona a qualidade rouca que a maioria acha atraente.

— Ah — eu disse, sentindo que clareara um pouco. Agora que tinha um pouco de conhecimento, eu queria mais. — Por que tantas tinas de banho?

As duas riram de novo.

— Definitivamente curiosa essa aí — Aryana sussurrou com um sorriso amplo. — Benella, o conhecimento desta casa é mantido entre as irmãs e os clientes que servimos.

Ela não disse isso de forma brusca, mas ainda me senti envergonhada por perguntar demais.

— Sinto muito mesmo. Não quis ofender.

— Uma garota tão doce — ela disse pensativa. — Posso ver que pergunta com curiosidade inocente, e estou disposta a responder qualquer uma que possa ter com uma condição.

Assenti ansiosa.

— Nunca deve falar para outra pessoa o que aprender aqui. Se puder jurar, vou lhe dizer qualquer coisa que quiser sobre nossa irmandade.

Rapidamente jurando para ela que não ousaria falar disso — ela riu com isso — que ela estava disposta a me contar sobre as tinas.

— Abrimos nossas portas para nossos clientes depois das dez da manhã. Muitos buscam nosso conforto mais tarde, à noite. Independente de quando nos buscam, nos empenhamos em ter tudo pronto para eles. Homens são, por natureza, agressivos e impertinentes em algum grau. Oh, mulheres também podem ser, mas só servimos homens aqui, então esse é nosso foco. A tendência deles juntamente com a força pode causar problemas se não trouxermos paz rapidamente. A fumaça ajuda assim que eles entram pela porta. O que a fumaça não pode amenizar, um banho e um carinho podem.

Franzi levemente o cenho, relembrando de minhas experiências de banho. A sensação da água quente me envolvendo certamente tinha um efeito calmante, mas a água esfriava com tanta rapidez que não ficava gostoso por muito tempo. Franzindo ainda mais o cenho, me lembrei do costume de Papai de se lavar com água fria de um balde. Quando ele precisava de um banho completo, normalmente saíamos da cabana para um passeio e, quando voltávamos, ele já tinha limpado e arrumado tudo.

— Homens gostam mesmo de se banhar?

Aryana sorriu enquanto foi a vez de Ila explicar.

— Novos clientes hesitam, mas, quando veem uma de nós sair da água, geralmente se dispõem a se juntar a nós.

— Oh. — Na minha mente, a experiência passava de se limpar para diversão exposta. Olhei as outras tinas à vista daquela em que estávamos.

— Não faça suposições, Benella — Aryana disse. — Exponha seus pensamentos e faça perguntas. Não gostaria que saísse com noções incorretas.

— Vocês fazem sexo com seus clientes nas tinas onde todo mundo pode ver? — perguntei grosseiramente e sem censura.

Ila riu alto, um som profundo que me fez olhar para ela com preocupação. Aryana deu uma risadinha.

— Com certeza vou contar às outras irmãs que você provocou uma risada verdadeira de Ila. Algo que não acontece há um bom tempo.

Abri a boca para perguntar por que o que eu disse era engraçado, mas ela me cortou.

— Não damos prazer a nossos clientes dessa forma dentro das tinas. Seria uma experiência bagunceira, e exigiria mais trocas de água e lavagem das tinas do que o tempo permitiria. — Ela se levantou da água e saiu graciosamente da tina. Ergueu uma mão, me ajudou a ficar em pé.

— Venha. Vou lhe mostrar.

Andamos pelo cômodo em direção à cortina. Do outro lado da cortina, um forno enorme irradiava calor. O menino adolescente cuidando do fogo olhou curioso para meu vestido, mas não falou nada.

Ao lado do menino, havia um cocho quadrado de pedra, de mais ou menos um metro de profundidade, afundado no chão.

— Aqui aquecemos a água que precisamos e drenamos a água velha. — Ila apontou ao buraco no canto debaixo da parede na base do cocho. — Quando trazemos um cliente para a sala de banho, andamos com ele pelos cômodos de banho para que ele possa ver os outros se banhando em público. Isso é importante principalmente para um novo cliente. A visão das irmãs nuas e se banhando inspira cooperação onde, do contrário, poderia existir hesitação ou beligerância. Nesta sala, fazemos o cliente ficar em pé no cocho e o esfregamos com água fria. Isso inicia nossa hora e o limpa por dentro e por fora para que esteja preparado para as tinas.

— Não sei se entendi — eu disse hesitante. — Como isso limparia por dentro? A água fria não acordaria um pouco o cliente da fumaça e traria um pouco de sua — A palavra que ela usara antes escapara da minha mente por um instante. — Agressividade?

— Sim, normalmente faria isso. Mas um homem deseja o toque de uma mulher. Quando começamos a banhá-lo, a irmã que dá o banho se torna o foco dele. Durante essa parte do banho, a irmã ajuda a libertar as energias reprimidas do homem.

Finalmente, começava a entender, e a imagem do padeiro freneticamente se masturbando debaixo de seu avental apareceu na minha mente. Devo ter expressado alguma coisa porque Aryana falou gentilmente ao meu lado e pousou uma mão reconfortante em meu braço.

— Vejo que entendeu, e não inspira pensamentos agradáveis para você. O que fazemos não é para ser um ato vulgar, mas que traga paz.

— Entendo. Isso me interessa — assegurei a elas. — Assim que um homem liberta suas energias reprimidas, então vocês o levam para as tinas?

Aryana me deu um sorriso aliviado.

— Se estivermos compartilhando informação demais, por favor, nos avise. Não gostaria de ofender a filha de nosso professor em sua primeira visita.

— Informação demais, não; apenas mais do que eu já ouvi na vida.

Ambas sorriram sabiamente e me levaram para fora do cômodo. Pude sentir os olhos do garoto em mim conforme me afastava e imaginei que coisas ele via naquele lugar e por que elas o deixavam ficar ali.

Ila continuou o tour na sala de banho principal.

— Já que nossos clientes apenas entram na água quando estão limpos, tudo de que precisamos fazer é manter a água quente e trocá-la de vez em quando. — Ela se abaixou, de novo me dando uma visão completa do que não consegui evitar analisar, e puxou uma pedra enorme da água.

Imaginei o que os homens pensavam quando ela fazia isso.

— Aquecemos essas pedras no forno e as colocamos na água ao longo do dia e da noite para manter a água quente.

A fumaça saindo da água me inspirou para testá-la.

— Posso? — perguntei, dando um passo à frente, apontando para a água.

Ila assentiu, e mergulhei a ponta dos dedos na água deliciosamente quente.

— Oh, isso é bom — eu disse.

— Não teremos clientes por um tempo ainda. Ficaríamos felizes em mandar Gen sair para que pudesse se banhar.

A tina que tínhamos exigia uma posição muito desconfortável com meus joelhos saindo da água. A tina da fera era tão grande quanto aquela, suficiente para caber duas pessoas, mas eu não tinha conseguido aproveitar. Se elas mandassem o menino embora, eu não tinha dúvida de que poderia ter um banho de verdade e sem interrupção.

— Eu… — Eu queria dizer sim, mas e se tivesse entendido errado e elas exigissem pagamento pelo uso do banho? Aceitar coisas da fera tinha me causado problema. — Talvez outra hora.

Aryana inclinou a cabeça.

— Você queria aceitar. O que a impediu?

— O que querem em troca?

— Nada. Gostamos da companhia de outras mulheres. Como uma irmã, normalmente só conversamos com outras irmãs. Não são muitas mulheres que gostam de conversar conosco.

— Então eu apreciaria enormemente. Mas não sei se meu pai iria gostar. Preferiria que ninguém mencionasse minha visita estendida a menos que ele perguntasse especificametne. — Eu não pediria para mentirem.

— Entendemos — Aryana disse quando Ila calmamente liderou o caminho de volta à sala de banho.

Enquanto Aryana falava com Gen, Ila rapidamente explicou o que eu deveria fazer. Assim que todos saíram, fiquei totalmente nua, pendurei minhas roupas nos cabides que lineavam a parede, e entrei no cocho.

Usando os baldes próximos, molhei minha pele, depois usei um sabonete especial cheiroso que Aryana levou para seu próprio banho. O cheiro suave e doce fez meu estômago se contorcer, lembrando-me de que ainda não tinha comido. Ensaboei meu cabelo, aproveitando o calor do forno conforme ficava ali em pé coberta com nada mais que espuma. Então entornei o primeiro balde acima da cabeça, lentamente enxaguando tudo. Como as instruções delas, usei o segundo balde para certificar de que não restara nada.

Nervosa, espiei para fora da cortina antes de andar na ponta dos pés e mergulhar na primeira tina com um suspiro de tormento. A água queimou minha pele com seu calor, mas de uma forma boa. Derreti contra a parede, afundando até meu queixo tocar a água. Meus joelhos também ficaram submersos de uma maneira agradável. Meus olhos se fecharam.

— Benella — o sussurro agora familiar de Aryana se deslizou até mim. — Podemos nos sentar nas almofadas ao seu lado enquanto relaxa?

Abri os olhos e assenti com tranquilidade. Aquelas mulheres se esforçavam para trazer uma sensação calmante para todos que encontravam. Eu sabia que não fariam nada de propósito para interromper isso. E, depois da forma como elas se moviam à minha volta, me senti confortável o suficiente com minha nudez submersa para conversar com elas sem vergonha.

Ila entrou no cômodo com ela, e ambas se sentaram nas almofadas.

— Acabamos de substituir as pedras nas tinas. Não acha que está muito quente? — Aryana perguntou.

Balancei a cabeça preguiçosamente com um leve sorriso. Ela esticou o braço até a tina e testou a água.

— Seria melhor ficar nessa por apenas alguns minutos, depois ir para uma das tinas mais frias. Muito tempo no calor pode lhe fazer mal — ela alertou.

— Você tem um cabelo muito bonito, Benella — Ila sussurrou, esticando o braço para tocar as mechas molhadas que caíam para fora da tina. — Se importaria se eu passasse óleo nele e escovasse?

Me importar? Me lembro vagamente de minha mãe fazer isso quando eu era mais jovem; mas, depois disso, eu tinha passado dificuldade com meu cabelo, frequentemente arrancando os emaranhados para trançá-lo sem pentear.

— Não me importaria — assegurei a ela. Ela se levantou suavemente, saiu do cômodo e foi lá para cima.

— Venha. — Aryana se levantou. — Vamos levá-la para uma tina mais fria antes de ela voltar. Seu rosto está muito vermelho. — Ela ergueu a mão e eu hesitei. — Juro que já vi todo tipo de partes nas minhas irmãs, e as suas não são diferentes.

Podiam não ser diferentes, mas eram partes nunca vistas por ninguém. No entanto, ela tinha razão sobre a água. Eu podia sentir o suor escorrendo acima do meu lábio superior.

— Talvez outro banho de balde fosse bom antes de entrar em outra tina — sugeri, aceitando sua mão.

Me levantei e evitei olhar para ela ou me mexer muito rápido. Tudo que elas faziam era lento e calculado. Não queria fazer nada que considerassem agressivo ou masculinizado. Me perguntei o que elas pensariam se soubessem que normalmente uso calça e camisa. Por dentro, ri daquele pensamento. Elas provavelmente não diriam nada. Afinal de contas, elas não usavam nada.

Quando entrei no cocho, Aryana falou.

— Você é linda, Benella e, quando perceber isso totalmente, tenho pena dos homens no seu caminho.

A sinceridade em seu tom me fez erguer os olhos. Ela mostrou um sorriso gentil e, então, se abaixou para pegar o balde para enxaguar.

— Pronta? — ela perguntou com o balde posicionado acima da minha cabeça, seus seios erguidos, seus bicos rosados me insultando com minhas próprias imperfeições.

Não achava que não fosse atraente, apenas sem nada de especial. Todo mundo tinha seios arredondados enquanto os meus pareciam um pouco pequenos.

— Pronta — sussurrei.

A água fria molhou minha cabeça, apagando um fogo que eu não tinha percebido. Suspirei de alívio, e ela deu risada.

— Achei mesmo que estava muito quente. Venha, ainda tem tempo para relaxar enquanto passamos óleo no seu cabelo.

Nove

Bem antes de o primeiro cliente entrar pela porta das Irmãs Sussurrantes, eu estava andando em direção ao portão da propriedade. Depois de deixar as irmãs, sabia que não poderia ir para casa. Meu cabelo cheirava muito bem para Bryn não perceber e começar a fazer perguntas que eu não queria responder. Papai não gostava que eu soubesse onde ele trabalhava; só podia imaginar como ele se sentiria se duas de suas filhas soubessem.

Se não fosse pelo ronco do meu estômago e a falta de comida e dinheiro em casa, eu não teria ido. A fera não me esperava naquele dia, e não sabia se seria bem-vinda.

Dentro do portão, aguardando a névoa se acumular e anunciar a fera, refleti nas novas amigas que tinha feito. Elas tinham me ensinado muita coisa em um curto período de tempo. Quando fui embora, elas me convidaram para voltar qualquer dia antes das dez para outra visita. Eu sabia que voltaria. O véu delas implorava para serem questionadas.

— Você retornou — ele disse.

Sorri discretamente com seu tom confuso.

— Espero que não se importe. Tem trabalho para mim? Estou muito faminta.

O leve arranhar de seu pé no chão atrás de mim me alertou para onde ele estava. Eu tinha me acostumado tanto à sua presença camuflada que não sentia medo, apenas incerteza. Talvez a manhã relaxante também tivesse algo a ver com meu humor.

Sua mão tocou meu cabelo, e o escutei inalar profundamente.

— Sem limpeza na cozinha hoje. — Sua voz tinha um tom de agitação. — Sabe ler?

A pergunta me surpreendeu.

— Sei.

— Normalmente as páginas rasgam quando tento virá-las. Hoje, vai ler para mim. Venha.

Ele liderou o caminho pela propriedade, seu contorno sempre apenas no canto da minha visão. Entramos pela cozinha. A névoa engoliu toda a luz de seu interior.

— Não consigo enxergar — eu disse. Escutando minha própria voz sussurrada, pensei se deveria tentar falar mais baixinho com a fera. Talvez ele rosnasse menos.

— Pegue meu rabo — ele disse com um rosnado agitado.

Algo grosso e pesado bateu na minha lateral. Estiquei o braço e segurei em seu rabo grosso e peludo. Ele aguardou um instante até se mexer, andando lentamente para que eu conseguisse acompanhá-lo sem puxar seu apêndice. Enquanto caminhávamos, não consegui evitar em levar minha outra mão para seu rabo a fim de tocar a pele grossa. Quando ele me carregou, eu estava muito ferida para perceber sua pele, e não conseguia me lembrar de muitos detalhes de quando dormi nele.

Abri os dedos e os enfiei em seus pelos, acariciando-os para o lado contrário, fazendo-os provocar cócegas em meus dedos. Mudando a direção, penteei de volta no lugar certo. Ele nem rosnou nem falou, então continuei com meu toque ao mesmo tempo que perambulávamos pelos corredores escuros até entrarmos em um cômodo enorme abafado. Entramos e, então, ele parou. Relutante, soltei seu rabo. Pareceu o primeiro toque meio amigável que compartilhamos no qual meu papel envolvia mais do que ficar paralisada.

— Acenda uma vela e se sente de costas para a porta — ele disse com um rosnado profundo. — Voltarei logo.

Ele saiu, levando a névoa com ele. Uma fresta de luz brilhava à frente, e fui com cuidado até ela. Meu toque sentiu tecidos pesados, e tentei colocá-los para o lado. A janela de vidro grande possibilitava uma linda vista de um jardim de mato alto.

Fiquei boquiaberta quando uma árvore — esquisita — saiu correndo. Sua pele branca como um papel marcada com pontos pretos e listrada me lembrou os cortes na casca da madeira. Brotavam folhas dos dedos em suas mãos e dos dedões em seus pés. Onde o cabelo deveria descer por suas costas, havia uma camada de galhinhos bagunçados, bem decorados com folhas verde. Sua forma parecia muito humana, incluindo dois montinhos em seu tronco principal que indicavam os seios. Uma árvore bela.

Encantada, eu a observei girar e olhar por cima do ombro com um sorriso. Outra árvore apareceu, essa obviamente masculina, com base no galho curto e grosso que se estendia da área logo acima onde o tronco principal se dividia em algo que lembrava pernas humanas.

A árvore masculina segurou a feminina e a virou para ficar de frente com ele. Ela jogou a cabeça para trás com um amplo sorriso, seu cabelo de folha refletia a luz lindamente. Ele a pegou por trás do joelho com uma mão e ergueu sua perna para o quadril dele. Entre eles, eu conseguia ver a raiz saliente dele. A perna que ele tinha erguido se derreteu ao tronco dele, solidificando os dois em um. Lentamente, ele se abaixou para a frente, e observei a raiz desaparecer. A cena me deixou quente como se ainda estivesse sentada na água quente das Irmãs Sussurrantes. A masculina se afastou e se flexionou para a frente de novo. Ambos pareciam estar gostando muito, e senti uma pontada de vergonha por estar assistindo.

Tirando meus dedos um por um da cortina, estava prestes a soltar quando uma névoa escura veio se encaracolando pela esquerda. A cabeça da masculina se levantou, virando-se de forma não natural para olhar para a névoa. Quando ele a viu, afastou-se de sua parceira e imediatamente se solidificou em árvore.

A feminina, no entanto, não se solidificou. Em vez disso, com um pequeno sorriso, olhou para a névoa, depois se abaixou para a frente. A posição me fez lembrar — em detalhe vívido — como Ila fizera quando se abaixou para acariciar o gato. A névoa consumiu a metade da árvore, envolvendo-a como uma onda nervosa. Inclinada para a frente como ela estava, observei o cabelo de folha dela se balançar conforme algo a empurrava várias vezes.

Com cuidado, soltei a cortina, torcendo para não chamar atenção de nenhuma das partes do lado de fora, e me atrapalhei para encontrar uma vela e um livro. Me joguei em uma poltrona, colocando os pés para cima em uma posição relaxada, assim que escutei a fera entrar no cômodo.

— Qual livro escolheu? — ele perguntou baixinho, com apenas um leve rosnado. Sua mão encontrou meu cabelo e gentilmente o soltou para que ele pudesse acariciar. Conseguia sentir o cheiro do lado de fora nele.

Não consegui encontrar minha voz para falar. Erguendo o livro, mostrei a capa a ele. Eu olhei também. Um livro sobre agricultura. Meu coração já acelerado bateu mais rápido. Será que ele saberia agora que eu os tinha visto?

— Será uma hora esclarecedora — ele disse, e o senti se sentar no chão ao lado da minha cabeça com as mãos ainda passando em meu cabelo.

Ele respirou fundo de novo, e eu sabia que ele estava sentindo o cheiro do óleo que Ila passara nas minhas mechas.

— Comece.

Depois de limpar a garganta, comecei a falar baixinho sobre as aflições de um agricultor e como aliviá-las.

Mais do que uma hora se passou até eu colocar o livro no meu peito. O que a maioria acharia entediante tinha me interessado ao ponto de ter me esquecido da hora e das mãos passando em meu cabelo. Quando parei de ler, a fera também parou.

— Por que parou? — ele perguntou em um rosnado.

— Não comi nada o dia todo e estou com sede — disse baixinho.

Ele grunhiu com objeção, mas o escutei se levantar.

— Posso segurar seu rabo de novo? — perguntei, pensando nos corredores escuros.

A névoa no cômodo tinha de repente se agitado tanto que apagou a vela. Me lembrei da cena do lado de fora da janela e me arrependi do pedido. Me sentei preocupada e tentei esticar o braço. Quase imediatamente, me conectei com os pelos, mais do que apenas segurar. Incerta do que mais fazer, trilhei os dedos ao longo dos pelos até entender que tocava seu quadril. Com cuidado, trilhei a mão mais para trás e segurei seu rabo.

Durante o tempo todo, ele ficou parado e não disse nada. Sussurrei uma rápida desculpa. Ele começou a andar e, desta vez, não fiz mais do que segurar seu rabo.

Alguns minutos mais tarde, entramos na cozinha.

— Há uma bandeja na despensa para você. Vai ler mais para mim depois de comer? — ele perguntou impaciente.

— Vou — sussurrei, tentando imitar as irmãs para ajudar a acalmá-lo.

— Então, voltarei logo — ele disse, com raiva cortando suas palavras.

— Espere — gritei antes de a névoa desaparecer. — Prefiro comer na biblioteca, se não se importa.

Tinha reparado no número de livros que decoravam as paredes da biblioteca quando correra para pegar um livro mais cedo. Queria uma chance para explorar o espaço.

— Claro. — A qualidade do humor tinha melhorado em sua voz.

Carreguei a bandeja com uma mão enquanto segurava o rabo dele com a outra. Ele mal tinha entrado na biblioteca quando seu rabo saiu da minha mão. Assim que ele saiu, a vela voltou à vida para que eu pudesse ver. Suspirei e coloquei a bandeja na mesa.

Curiosa, espiei pela janela para ver se as árvores tinham voltado a se divertir. Para minha surpresa, a árvore masculina permanecia congelada na mesma posição. A feminina estava sentada aos pés dele, ociosamente mexendo na raiz dele, que não se esticava mais rigidamente. Senti pena dela. Obviamente, a interrupção de sua brincadeira tinha decepcionado a parceira dela.

Como antes, uma névoa preta se encaracolou pela esquerda, chamando minha atenção. A árvore feminina se levantou devagar com um toque ligeiramente triste em seu parceiro antes de dar alguns passos para trás. Ela não pareceu ansiosa desta vez ao se inclinar para a frente.

A névoa se enrolou nela. Nas profundezas dela, discerni a sombra da fera quando ele se apoiou nas pernas de trás. Ele apoiou as mãos nas costas dela e empurrou para a frente para dentro da árvore. Ele estocou nela incansavelmente, e me perguntei como ela ainda estava em pé, até ver que seus pés estavam enraizados no chão.

Perturbada, deixei a cortina cair. Os encantamentos daquele lugar eram um quebra-cabeça para mim, frequentemente sem parecer seguir nenhuma regra, como a comida que crescia do lado de fora do muro. Agora, pensei se havia regras para as criaturas. Por que a árvore feminina não tinha se solidificado em árvore a fim de fugir da fera? Ela não parecia querer a atenção da fera desta vez. Mesmo assim, em vez de se solidificar, ela enraziara seus pés para acomodá-lo. Por quê?

Enquanto eu pensava nas possíveis razões para o que acabara de testemunhar, fui comer e beber. Antes que a fera retornasse, tinha bebido tudo, comido uma pedaço de queijo e guardado o resto na minha bolsa para dividir com Papai pela manhã.

Quando a fera entrou no cômodo, eu estava explorando uma pequena seção de livros.

— Continue — ele ordenou baixinho, de novo com quase um rosnado.

Com cuidado, retornei à salinha, percebendo, pela minha visão periférica, que nenhuma névoa sombria o seguia.

Energias reprimidas, pensei ao começar a ler. A fera parecia ter muitas delas. Eu sabia o básico do ato a que tinha assistido — afinal de contas, havia flagrado Bryn fazendo a mesma coisa —, mas alguns dos detalhes mais específicos ainda me confundiam. Por exemplo, por que uma mulher iria querer fazer aquilo? Claramente, os homens gostavam. Lembrei da reação de Sara ao padeiro e os barulhos de Bryn. Ambas as mulheres fizeram barulhos do que eu pensava ser que gostassem; porém, depois disso, as duas pareceram ficar tristes.

Li por mais um bom tempo até fechar o livro suavemente. Os dedos da fera paralisaram-se em meu cabelo.

Permaneci inclinada na poltrona, pensando em silêncio. Ele havia se disposto a trocar meu tempo por comida, e não parecia se importar na forma como eu passava esse tempo contanto que estivesse em sua mansão. Se realmente quisesse que a limpasse, não teria me pedido para ler. Da mesma forma, se quisesse escutar outra voz, teria me pedido para ler do começo. Tudo parecia ser um capricho para ele, até sua diversão com a árvore. Mesmo assim, toda vez que eu completava meu tempo obrigatório, ele fazia a mesma pergunta e ficava agitado com minha partida.

— Sir, por que continua me pedindo para retornar?

— Isso é da minha conta — ele rosnou.

— Parece que minhas visitas lhe causam mais raiva do que paz. Talvez não devesse voltar — eu disse baixinho.

— Não — ele disse com um rugido antes de respirar fundo. Devagar, soltou a respiração. — Peço desculpas por minha raiva. Volte amanhã, por favor.

— Vou limpar amanhã? — perguntei, me arriscando. — Gostei de ler, mas gostaria de ganhar mais comida para levar para casa comigo.

— Vai partir com comida hoje — ele rosnou ríspido conforme a névoa rodopiou no cômodo e apagou a vela de novo.

Seu rabo bateu no meu pescoço, e me levantei com uma mão segurando-o levemente.

Não entendia seu comportamento imprevisível. Talvez fosse simplesmente sua natureza.

Quando chegamos na cozinha, ele saiu rápido sem dizer uma palavra. Na despensa, encontrei uma variedade de queijos e pão, os quais guardei na bolsa.

Na manhã seguinte, esperei até Papai sair para levantar da cama. Não havíamos conversado sobre onde ele trabalhava ou que eu tinha levado café da manhã para ele duas vezes. Decidi que faria o mesmo por ele, de novo, já que eu não tinha comprado aveia com a moeda que recebera em troca de uma peça de queijo. Tinha recebido uma moeda de prata pura. Duas vezes o valor de uma moeda comum de prata. Nunca tivera tanto dinheiro de uma vez e sinceramente não sabia o que fazer com isso. Dormira com ela enfiada no meu sutiã.

Quando cheguei à porta dos fundos das Irmãs Sussurrantes não muito depois, carregando um salgado folhado, eu ainda tinha na bolsa uma moeda comum de prata e dezoito de cobre. O padeiro não ficara nervoso ao trocar por uma prata pura, aparentemente tinha muitas delas.

O guarda na porta assentiu e segurou a porta aberta para eu entrar. Sorri e entrei, a fumaça entrou na minha mente quase que imediatamente. No entanto, Ila estava aguardando no corredor com uma xícara de chá.

— Como sabia que eu estava chegando? — perguntei, depois de beber tudo.

— Nós observamos das nossas janelas. Outra irmã a viu e me avisou.

Entreguei o salgado para meu muito surpreso pai que pediu para falar comigo no corredor. Ila pediu licença e entrou para falar com uma de suas irmãs.

— Eu preferiria…

Fiz com que parasse erguendo uma mão.

— O senhor me criou, me ensinou e fez o que pôde para me proteger. Me deixe trazer café da manhã para o senhor quando se esquecer de comer.

Seus ombros caíram derrotados, e ele assentiu.

— Eu gosto das irmãs — eu disse tão baixo que ele precisou se inclinar para a frente a fim de me escutar. — Mas o senhor deveria ficar tranquilo quando venho aqui. A vida delas não me interessa.

Ele encontrou meu olhar com alívio e me deu um breve abraço o qual fez as pessoas da sala fazerem um ⊠own⊠ baixinho, o que o envergonhou. Sorri para ele quando Ila se juntou a mim e fechou a porta. Fomos para a sala de banho com um acordo não dito.

— Posso ver as perguntas passando por sua mente — ela disse quando descemos.

— Sim, mas não são necessariamente sobre as irmãs — admiti. — Falamos um pouco sobre o humor dos homens. O que vocês fazem com um homem bravo?

— Você quer saber o que fazemos ou gostaria de um conselho de como deveria lidar com um homem bravo? — Aryana perguntou, levantando-se da água em uma das tinas. Ela saiu da tina e gesticulou para a sala de trás.

Sem perceber, lambi o recheio do salgado que ficou nos meus dedos enquanto nos movíamos. Não queria que ninguém soubesse da fera nem queria que fizessem perguntas se eu admitisse ter de lidar com um homem bravo.

— O que vocês fariam.

Ila acenou para Gen sair da sala quando ela entrou no cocho e lançou um olhar preocupado para Aryana. Aryana derramou água em Ila e lhe entregou o sabão sem perceber o olhar.

— Quando nossos clientes tomam banho, alguns escolhem nos seguir lá para cima para alívio muscular. — Elas trabalharam juntas para ensaboar o corpo de Ila, usando movimentos lânguidos. Eu teria me sentido desconfortável, mas nenhuma delas parecia ter consciência do toque da outra conforme permaneceram focadas em mim.

— Muitos que nos visitam têm trabalhos braçais que os deixam doloridos e tensos — Aryana continuou, automaticamente passando a mão pelo seio direito de Ila e deixando uma trilha de espuma. — Um homem com dor tem mais probabilidade de se irritar com rapidez. Podemos lhe mostrar nossas técnicas, mas deve prometer nunca usá-las.

Concordei prontamente. A fera não parecia fazer trabalho braçal, então não pensei que a informação iria beneficiá-lo, no entanto, sempre procurava aprender coisas novas. Aprender isso poderia levar a outras coisas que talvez, eventualmente, levassem ao conhecimento que poderia ajudar a controlar o comportamento da fera.

Ila franziu o cenho enquanto deslizava a mão entre as pernas a fim de lavar suas partes baixas.

— Tem certeza de que é sábio fazer isso?

Aryana a ajudou a se enxaguar.

— Melhor saber disso claramente antes de tentar fazer isso no escuro.

Ila assentiu e pausou por um instante para ficar diante do forno a fim de secar.

O comentário de Aryana fez sentido. O que elas tinham a ensinar provavelmente beirava o inapropriado, mas o conhecimento tornava as escolhas mais fáceis. Se eu soubesse com quais obstáculos tomar cuidado, não tropeçaria neles.

Aryana liderou o caminho para o piso superior onde Gen estava descansando em um sofá sem encosto. Não pareceu surpreso quando entramos.

— Gen, se importaria em ser nosso exemplo para tocar uma pele e músculos?

O adolescente, quase da minha idade, deu de ombros e assentiu, mas permaneceu sentado.

Ila me pegou pela mão e me levou de volta para o corredor, onde aguardamos.

— Há muitos aspectos em um homem. Para você entender por completo, precisamos mostrar alguns dos perigos que pode ignorar de maneira inocente.

— O que quer dizer? — perguntei, confusa.

Aryana chamou baixinho de dentro do quarto, e Ila sorriu.

— Você vai ver.

Quando voltamos, Gen estava deitado no sofá de bruços com um lençol claro sobre a cabeça. Aryana viu meu olhar curioso.

— Assim como vendamos nosso rosto para manter o foco em nossos corpos e nas necessidades dos clientes, devemos cobrir o rosto de Gen para manter nosso foco no corpo dele e em nossa explicação. O corpo de Gen, não o rosto dele, vai nos dizer as necessidades dele.

Interessante, pensei, me aproximando. Gen ainda tinha os músculos magros e secos da juventude, e gostei de olhar para ele.

— Se libertando as energias reprimidas não remover a raiva de um homem, olhamos seu corpo como um todo. Tensão, que pode causar raiva, pode ser carregada em muitos lugares pelo corpo — Ila começou sua explicação, passando a mão de leve sobre as costas de Gen, sua perna, até a sola de seu pé. Então ela passou a mão na direção contrária do outro lado.

Explicou o lugar de certos músculos e que tipo de toque utilizar para aliviar a tensão deles. Quando tinha acabado de falar sobre a parte de trás, incluindo os músculos de sua bunda, pediu para ele se virar. Ela tomou o cuidado de manter seu rosto coberto.

Imediatamente, meus olhos pairaram no pênis dele, e pensei na raiz murcha da pobre árvore. O pênis de Gen estava relaxado contra o emaranhado de pelo em volta. Abaixo dele, havia um saco com dois aglomerados evidentes. Ila deu risada quando me viu encarando e me disse os nomes de cada coisa. Eu conhecia o termo pênis, graças a um dos livros de medicina de meu pai, mas ⊠bolas⊠ foi novo e soava esquisito.

Aryana assumiu a instrução da parte da frente, começando pelos braços e pernas, depois indo para o peito. A explicação do tecido debaixo da superfície me fascinou, e imaginei se Papai ficaria igualmente interessado.

— A área macia do estômago, abaixo das costelas e acima dos quadris, não deve ser tocada usando nenhuma das técnicas que mostramos até agora — Aryana disse, trilhando os dedos levemente pela pele.

Percebi que o pênis de Gen se contraía contra o toque assim como o fizera ocasionalmente desde que o viramos de costas.

— O mastro de um homem normalmente responderá com o uso de qualquer daquelas técnicas; e precisa tomar cuidado com isso, porque, em vez de relaxá-lo, pode estar provocando um aumento nas energias reprimidas.

Ela passou a mão pelo estômago dele de novo com um toque mais firme e continuou pela junção de suas coxas. O pênis dele pulou significativamente. Ela passou a mão levemente pelas bolas dele, e observei fascinada quando seu pênis ficou ereto.

— Se chegar a este ponto, pode ter certeza de que está em apuros e deve sair rapidamente antes que ele pense em fazer *você* liberar as energias reprimidas dele.

Ela segurou o pênis de Gen com firmeza, e vi a cabeça dele ficar vermelha. Ila pegou um pequeno frasco de uma prateleira próxima e derramou um óleo sobre a ponta, o qual Aryana espalhou pelo comprimento. Depois, começou a acariciar em um ritmo lento e calmo. Não conseguia desviar o olhar.

Gen começou a se contorcer um pouco no sofá, seus quadris empurrando para cima a fim de encontrar a mão dela deslizando para baixo. O quarto ficou quente para mim. O saco, que estivera frouxo antes, começou a se tensionar e encolher. Aryana parou, soltando abruptamente o pênis dele e se afastando. Ila usou um braço gentil para me afastar também e gesticulou para eu permanecer em silêncio.

— Aryana — Gen falou rouco debaixo do lençol, empurrando os quadris para cima.

Quando ela não respondeu, ele se sentou rapidamente, tirando o lençol do rosto. Olhou bravo para Aryana e Ila.

— Eu não concordei com isto — ele afirmou, com o rosto rosado.

Aryana ergueu as mãos.

— Mais alguns minutos de sua paciência, Gen, podem salvar nossa querida Benella de erros terríveis — ela disse baixinho.

Ele estreitou os olhos, mas assentiu e deitou de novo, segurando o pênis com a mão. Ele não acariciou como

Aryana fez. Apenas o segurou como alguém o faria com algum ferimento.

— Se as energias de um homem estão reprimidas e não são liberadas, ele vai se tornar volúvel e imprevisível. A tensão vai tomar seu corpo e frequentemente ficar lá mesmo depois que as energias, certa hora, forem liberadas. Se tocar um homem, independente do quanto o toque for inocente, observe os sinais — Aryana alertou. — Tenha certeza de que seu toque seja apenas para aliviar a tensão e não provocar mais energias reprimidas.

Fascinada, assenti minha compreensão. Soava um pouco como a fera. Mesmo depois de seu encontro com a árvore e de sua liberação de energias, ele ainda estava tenso. As irmãs tinham razão sobre o perigo. Eu nunca tentaria nada do que acabara de aprender com a fera. Temia sua reação.

— Venha — Ila sussurrou, pegando minha mão. — Alguns mistérios vamos deixar para que descubra por conta própria.

Ela me levou para fora do quarto conforme Aryana tirava gentilmente a mão de Gen e a substituía pela dela mesma. Antes de chegarmos ao fim do corredor, ouvi o gemido alto dele.

A névoa escura e ondulada aguardava depois do portão barulhento da propriedade. Entrei tranquilamente nas sombras e segui em frente até o portão se fechar atrás de mim.

— O que gostaria que eu limpasse hoje? — perguntei baixinho.

— Os aposentos dos criados na cozinha em troca de quantas frutas vermelhas conseguir carregar — ele disse em seu tom tipicamente bravo.

— Mostre o caminho.

Na cozinha, ele me deixou trabalhando, escurecendo o cômodo de vez em quando para verificar depois de eu ter tirado meu vestido.

As cadeiras tinham sido consertadas e uma nova mesa havia tomado o lugar da quebrada. Arrastei metade da mesa quebrada para fora e joguei os colchões para fora, um por um, para tomar ar. Até esfreguei o chão e lavei a janela.

Quando terminei, me troquei, voltei à cozinha e encontrei comida na nova mesa junto com minha bolsa cheia de frutas vermelhas embrulhadas em duas camadas de pano macio. Sem dúvida, muitas delas seriam esmagadas antes de chegar em Ponte.

Comi minha parte do pão, codorna e abóbora, depois coloquei a bolsa no ombro. Assim que fui em direção à porta, a fera retornou encoberta por sua névoa.

— Vai ficar? — ele perguntou.

— Não posso.

Ele saiu bravo e cheguei até o portão. Como previ, algumas das frutas não sobreviveram à jornada. Amassadas pelo peso das outras frutas, elas sangraram pelo pano, por minha bolsa e no meu vestido perto do quadril.

Quando cheguei à ponte, um vento mais frio veio do norte e as nuvens encobriram o sol. As frutas que eu carregava iriam precisar ser secas ou comidas antes de estragarem. Sem o sol para ajudar, secar seria muito difícil. Andei pelo mercado e troquei as frutas por aveia.

Bryn estava na cabana, fazendo o jantar quando voltei com as frutas que sobraram e uma pequena porção de aveia. Avisei para ela que eram para Papai quando as coloquei na mesa. Ela assentiu e tossiu um pouco em seu avental antes de me dizer que ainda faltavam uns vinte minutos para o jantar.

Sentada na poltrona de Papai, li um livro, escutando o raspar da colher na panela e a ocasional tosse enquanto pensava na fera.

Talvez, no dia seguinte, devesse trocar meu tempo por respostas em vez de comida.

Na manhã seguinte, Papai permaneceu ao lado da cama de Bryn em vez de ir para as Irmãs Sussurrantes. Durante a noite, sua tosse leve tinha se transformado em um chiado profundo com falta de ar. Nenhum de nós dormiu bem até o amanhecer, e nada que Papai tentasse funcionava.

Vestindo rapidamente meu vestido manchado, peguei as moedas que tinha guardado e corri para o mercado para bater em algumas portas para procurar alguém que tivesse conhecimento de medicina. Finalmente encontrei um médico estudado que dizia conhecer a doença assim como o remédio. Precisou de todas as moedas que eu tinha para convencê-lo a me seguir até em casa.

Bryn ainda estava na cama, arfando por ar quando chegamos. O médico pediu para Papai sair do quarto enquanto ele a examinava. Ele alertou Blye, que já estava vestida para trabalhar, para permanecer até ele concluir o exame. Muitos minutos depois, ele saiu do quarto.

— Todos vocês deveriam permanecer em quarentena até isso passar. Aqui está o remédio que vão precisar, caso comecem a tossir. Tomem uma dose por dia. Se acabar, tenho mais para comprarem.

Ele e Papai conversaram baixo por muitos minutos até o médico ir embora.

Papai se jogou na poltrona diante do fogo.

— Blye, tem remédio suficiente apenas para três, caso todos fiquemos doentes. Você tem dinheiro para comprar outro frasco?

— Comprei tecido com a moeda que tinha e vou fazer meus próprios vestidos para a loja vender. Não terei nada até terminá-los — ela disse com um tremor preocupado.

— Benella?

Balancei a cabeça.

— Dei ao médico tudo que eu tinha para ele vir até aqui.

— Ele vai contar ao Líder e eles vão nos colocar sob quarentena mandatória. Pegue sua bolsa e saia. Explore o que puder para trocar caso precisemos. Vá — ele disse bruscamente.

Pegando minha bolsa, voei pela porta, sem discutir com a falta de sua lógica. O objetivo era não espalhar a doença.

Nuvens pretas e pesadas estavam penduradas no céu, lançando uma escuridão na cidade. Corri para as Irmãs Sussurrantes e falei para o guarda que Bryn estava doente e que Papai não voltaria até ela se recuperar. Pedi a ele para avisar discretamente a costureira de Blye.

Ele assentiu, e eu me virei com pressa para deixar Ponte para trás.

Dez

Nos arredores da propriedade, o céu ribombava e soltou uma torrente de chuva gelada de primavera. Patinei o que restava da distância até o portão, decepcionada ao ver que chovia lá dentro também. Tinha torcido para que a magia espantasse a chuva e me deixasse seca.

Nenhuma névoa me aguardava, então fui sozinha até a mansão, tremendo quando entrei na cozinha. Um fogo pequeno queimava na lareira, e fechei a porta ansiosamente para o tempo ruim. Negligenciando a trilha de água que deixei, atravessei o cômodo para me aquecer. O calor das chamas mal aqueciam meus dedos e não fizeram nada para amenizar meu tremor. Apenas roupas secas iriam me aquecer.

Minhas botas faziam barulhos molhados enquanto ia até os aposentos dos criados. Fechei a porta, depois me esforcei para tirar o vestido. Arrancar a massa molhada não foi fácil. Tremendo, procurei na minha bolsa encharcada a camisa e as calças. As calças estavam ensopadas, porém a camisa tinha escapado da maior parte da água e estava apenas úmida. Tirei meu sutiã molhado, estendi aos pés da cama e vesti a camisa.

Sentei-me na beirada da cama e tirei as botas e meias. O piso gelado adormeceu ainda mais meus pés enquanto eu pegava meu vestido e as calças. Com minhas roupas molhadas penduradas em um braço e as botas na mão, abri a porta e vi a cozinha cheia de névoa. Estava tão escuro que a luz do fogo não penetrava mais do que alguns metros nas trevas.

— Não a esperava tão cedo — a fera resmungou da escuridão.

Segurando meu vestido a fim de esconder as pernas nuas, hesitei na porta e debati se deveria recuar para o quarto até me secar.

— Minha irmã está doente. Papai me enviou para pegar o que pudesse a fim de trocar por mais remédio. Estamos todos em quarentena, então talvez não queira chegar muito perto. — Eu estava menos preocupada em passar a doença para uma criatura encantada do que irritar a fera.

— É necessário cuidar da lavagem. Me siga, e vou lhe mostrar a lavanderia.

O fogo se extinguiu, e o rabo dele bateu em mim. Não tive escolha a não ser soltar minhas botas e atravessar o piso gelado de pedra, segurando seu rabo para que conseguisse segui-lo.

Parecia que a ventania ficara atrás da cozinha. A chuva respingava na janela, e o som ecoava no cômodo. Continuei segurando no rabo da fera, incapaz de enxergar qualquer coisa.

— Fique aqui — ele disse grosseiro tirando seu rabo da minha mão.

Em um instante, um fogo voltou à vida em cada canto do cômodo, inundando o enorme espaço com luz. Do outro lado do cômodo, duas janelas marcavam a parede com uma porta que levava para fora. Perto da porta, havia três metades de barril ao lado da lareira. Não longe dali, uma mesa comprida apoiava na parede as prateleiras para colocar as roupas para secar. A fim de lavar alguma coisa, eu precisaria endireitar as prateleiras de secar e encher as tinas. Ambas tarefas exigiam agachar mais do que gostaria por estar vestida com apenas uma camisa.

Me virando, vi a névoa logo do lado de fora da entrada arqueada pela qual tinha entrado.

— Posso beber alguma coisa, sir?

A névoa recuou, e baixei os ombros com alívio. Rapidamente joguei meu vestido em uma prateleira para secar e coloquei o restante das prateleiras no lugar entre as tinas e o arco. À esquerda da porta dos fundos, havia uma pilha de lençóis sujos. Ao arrumar muitos daqueles sobre as prateleiras de secagem, criei uma tela para mim mesma antes de começar a trabalhar.

Uma chaleira grande e uma cisterna à direita do fogo me davam o que eu precisava para iniciar o processo. A fera retornou enquanto eu mexia na pilha suja, seu rosnado anunciou sua presença. Com os braços segurando uma montanha de lençóis, não me virei para olhá-lo conforme joguei tudo em uma tina vazia.

O rosnado diminuiu enquanto testava a água quente, assim, arrisquei olhar em volta. Um jarro de barro e um copo tinham aparecido na mesa preta comprida. Com cautela, andei na ponta dos pés por trás da tela e servi um pouco de água para mim. Minha garganta estava seca e um pouco dolorida, provavelmente de andar na chuva. A água fria acalmou a dor o suficiente para eu conseguir focar na lavagem.

Demorava bastante tempo para encher a tina com água quente e mais ainda para esfregar sabão no tecido. O vapor com sabão pinicava minha garganta e me fazia tossir de vez em quando. Enquanto deixei o tecido de molho, enchi outra tina com água fria para enxaguar. O calor de ambos os fogos aqueceu tanto o quarto que precisei enxugar o suor da testa. Não mais sentia o frio do piso.

Tossir fazia minha garganta doer, o que me fazia tossir mais conforme enxaguava e torcia a roupa. Troquei os lençóis que formavam um escudo para mim dos sujos para os limpos e lavei a segunda tina de lençóis.

Uma névoa invadiu o cômodo de novo enquanto eu trabalhava, facilmente duas horas depois de ter começado. Ele não fez barulho, nem um rosnado. Senti seus olhos me seguirem enquanto me movia da tina de lavar para a de enxágue. Quando torci o tecido, suando e tossindo, percebi que precisaria sair de trás da minha tela a fim de pendurar a segunda leva de roupa de cama. No entanto, a camisa que usava cobria somente a parte de cima das minhas coxas. Quando pensei na situação, decidi que não mais me importava muito. Estava com calor e cansada e queria terminar, voltar para casa e ir para a cama. Com esse pensamento, percebi que pegara a doença de Bryn.

Saindo de detrás das telas, tossi mais forte e ouvi um leve chiado quando inalei. Mesmo assim, continuei a pendurar os lençóis molhados em uma prateleira com muitas camisas com buracos de botão rasgados e alguns botões faltando que tinha encontrado e lavado. Assim que depositei a última peça, toquei meu vestido ainda úmido e olhei na direção do arco.

— Terminei — disse baixinho.

Do lado de fora, a chuva continuava a bater contra a porta, então não importava se o vestido estava seco. Mas eu chegaria em casa? Bryn tinha piorado gradativamente em um período curto de tempo.

— Vai aceitar minha oferta? — ele perguntou.

— Qual é exatamente sua oferta? — perguntei. O calor que sentia não vinha mais do fogo, mas de dentro de mim.

— Fique comigo, como estou ordenando, e vou realizar tudo o que deseja.

— E minha família? Vou vê-los?

Ele rosnou ferozmente, dando-me a resposta que eu já sabia.

— Não posso aceitar sua oferta. — Uma tosse me rasgou, e me esforcei para respirar. — Mas não acho que possa partir ainda também. Posso ficar nos aposentos dos criados até a chuva parar?

A névoa me envolveu, bloqueando toda a luz das lareiras. A mão dele passou levemente em minha testa, com um toque rápido. De repente, ele bateu em mim, me pegando em seus braços.

— Pode ficar até se sentir bem.

Com ele me carregando, praticamente voamos pelos corredores até a cozinha. Ele me colocou gentilmente em um dos colchões e saiu com um redemoinho. Tremi no quarto frio, tossindo tanto que meu estômago doía. Ele retornou com um cobertor grosso e me cobriu com gentileza. Fechei os olhos e pedi mais uma coisa.

— Por favor, avise meu pai. Não quero que ele se preocupe.

O calor queimava dentro de mim, e um corvo crocitou alto. O vento rugia pela sala, balançando as camas. Das sombras, um demônio se ergueu. Preto com olhos vermelhos brilhantes, abriu sua boca enorme e mordeu meu peito, me abrindo e me rasgando a cada tosse. Desmaiei.

— Ajude-a!

O rugido preencheu o cômodo, uma distração da tosse dolorosa que me consumia.

— Está disposto a pagar o preço? — uma voz exigiu brutalmente, soando vagamente familiar.

— Mulher miserável, já não lhe dei o bastante? O que mais gostaria de pegar de mim?

— O mistério. Antes de ela partir, você deve se revelar — a voz disse em tom bravo e grosseiro. — Sem névoa para escondê-lo. Você não merece trégua. Não aprendeu nada.

Um momento de silêncio reinou enquanto o demônio continuou a me devorar.

— Sim, vou pagar o preço e desejo que vá para o inferno — ele disse raivoso.

— Aqui, dê a ela uma dose disso todos os dias até ela melhorar. Agora, não me incomode de novo a não ser que seja para me dar o que quero.

Um vento gelado soprou pelo cômodo, depois uma mão grande se enfiou debaixo da minha cabeça para me erguer um pouco. Um frasco pressionou meus lábios e o líquido os tocou. Engoli engasgando três vezes até a mão me apoiar no colchão de novo. O líquido desceu, queimando as feridas que o demônio tinha feito mordendo, até eu gritar e implorar por ajuda.

A fera sussurrou promessas no meu ouvido. Ele pediu para eu lhe dar minha obediência, e ele iria interromper a diversão do demônio. Pensei em meu pai e, torcendo para que ele não sofresse o mesmo destino, balancei a cabeça em negação para a fera. A cama estremeceu com sua raiva.

O demônio desapareceu em algum momento durante a noite, mas as feridas que ele causara continuaram a supurar e fervilhar. De novo, a fera ergueu minha cabeça e me obrigou a beber um pouco de água e o remédio. Não queimou tanto quando tossi depois disso.

Ele continuou a sussurrar em meu ouvido conforme eu caía no sono e despertava, fazendo promessas ultrajantes em troca da minha palavra em permanecer com ele para sempre. Sua insistência não fazia nenhum sentido para mim, e balançava a cabeça em negação toda vez.

Quando abri os olhos na manhã seguinte, resmuguei com o facho de luz do sol que passava pela única janela e desejei não ter limpado o vidro tão bem. Tossi um pouco e me lembrei dos sonhos que tive de uma criatura destruindo meu peito. Lambendo os lábios secos, virei a cabeça a fim de olhar em volta e vi que estava sozinha e que a porta do quarto estava fechada.

Me esforcei para me erguer e consegui ficar na posição sentada. Precisava esvaziar minha bexiga, e havia um penico no canto. O piso gelado corroeu meus pés de repente muito sensíveis conforme me arrastei em direção ao penico. A camisa que estava usando facilitou fazer o que precisava ser feito e voltar para a cama.

Assim que puxei a coberta sobre mim de novo, a porta se abriu e a névoa escura se encaracolou para dentro do quarto.

— Quanto tempo fiquei doente? — perguntei, sem me importar com a cortesia.

— Este é o segundo dia — ele disse, deslizando uma mão debaixo da minha cabeça e me obrigando a beber todo o copo de água. Esfriou e pesou no meu estômago de uma maneira boa.

Senti o sono me puxando.

— Avisou meu pai? — perguntei.

— Sim. Ele sabe que está segura e sendo cuidada. — Seus dedos tocaram meu cabelo, e meus olhos se fecharam.

Dormi por muitas horas até acordar de novo. A luz pela janela não parecia brilhar tanto. Uma cadeira perto da cama estava com um copo cheio de água. Me estiquei ansiosamente para pegá-lo e bebi tudo antes de fazer outra visita ao penico.

Meus membros tremiam menos, mas o sono ainda tomava meu corpo. De novo, quando voltei para a cama, a fera reapareceu em sua névoa camuflante.

— Está se sentindo bem o suficiente para partir? — ele perguntou bravo.

O pensamento de andar até em casa me fez encolher.

— Se possível, gostaria de ir e não abusar da sua hospitalidade, mas temo que não conseguiria chegar muito longe — eu disse, pensando se ele insistiria que eu partisse mesmo assim.

— Muito bem — ele disse, parecendo mais calmo. — Mais uma noite então, a não ser que prefira ficar indefinidamente. Há muitos quartos bem mais adequados para um hóspede permanente.

Abri a boca para negar, mas ele continuou.

— As camas são macias o bastante e os cobertores bem grossos para afastar até o pior frio do inverno. E os armários estão cheios de vestidos de tecidos macios para acariciar sua pele. Não iria querer mais nada — ele me assegurou.

— Por que quer tanto me manter aqui? — perguntei.

— Por que recusa tão insistentemente? — ele contra-atacou com um rosnado.

— Porque não me deu motivo para ficar — eu disse sem querer. Talvez a doença impedisse meu bom senso de filtrar o que saía da minha boca. — Você não sabe nada sobre mim. Agora, me diga por que quer que eu fique.

Ele rugiu alto, lançando uma maldição em todas as mulheres, depois saiu enfurecido. Bateu a porta tão forte que ela saiu das dobradiças e caiu no chão. Fiquei grata pelo penico não estar perto dela. Teria feito uma bagunça para limpar.

Virei de lado, de frente para a porta, e vi uma bandeja com pão e uma tigela de caldo de carne na cadeira. A culpa me lavou por deixá-lo tão bravo quando ele estava claramente cuidando de mim. Comi o pão, molhando no caldo, enquanto tentava chegar a uma explicação razoável para a insistência dele para que eu ficasse.

Embora ele sempre parecesse estar bravo, tinha cuidado de mim. Mesmo assim, a noite em que eu fugira de Tennen e que as trepadeiras me puxaram para a propriedade — a noite em que a fera tinha me pedido para me ver nua — me fez duvidar se seu cuidado era devido à compaixão. No entanto, desde aquele dia, ele não tinha pedido mais nada impróprio para mim, só que eu limpasse e uma vez que lesse para ele. Será que ele poderia ser apenas solitário?

Mas e as outras criaturas encantadas? E a mulher idosa a que ele me levou quando bati a cabeça no tronco? Me lembrei da conversa que tinha escutado enquanto sonhava com o demônio devorador de carne. Embora eu soubesse que o demônio fosse apenas um produto da minha mente febril, senti que aquela conversa tinha sido real. Ela lhe dera o remédio de que eu precisava, e ele precisou prometer algo em troca.

A fera realmente cuidou de mim. Mas por quê? Caí no sono antes de conseguir chegar a alguma conclusão.

Da vez seguinte que acordei, escutei um craquelar de fogo da cozinha e notei seu brilho suave iluminando o piso onde a porta tinha caído. Alguém havia retirado a porta enquanto eu dormia. Meu estômago resmungou e olhei para a cadeira, esperando haver mais caldo. Em vez disso, havia um vestido pendurado no encosto. O vestido tinha mais babados do que eu gostaria, mas eu sabia que a fera queria que eu usasse como um exemplo do que ele poderia oferecer.

Me sentei e rapidamente tirei a camisa para colocar o vestido. Coube confortavelmente, seu material macio se agarrava e acariciava minha pele como ele prometeu. Quando me levantei, ele caiu como uma cascata excessiva. Me trouxe lembranças de quando tentei correr pela floresta com Tennen logo atrás de mim.

Tentando não fazer uma careta, andei discretamente até a cozinha. Um tecido branco e liso cobria a nova mesa. Havia um banquete sobre ela, e o cheiro da galinha assada, das sopas cremosas e dos vegetais assados, e o pão quente perfumava o ar. Esquecendo-me do vestido, fui para o único assento à mesa e afastei minha cadeira, chutando a saia um pouco para tirá-la do caminho ao me sentar.

Ao pegar o garfo, não hesitei em começar a comer. Tudo parecia e cheirava muito bem e minha boca aguou com ansiedade.

Não percebi que a fera tinha entrado no cômodo até ele passar diante do fogo e momentaneamente bloquear a luz.

— Está gostando? — ele perguntou.

— A comida está deliciosa. Obrigada — eu disse depois de engolir um pedaço. Parti um pedaço do pão fumegante e passei manteiga nele. Revirei os olhos.

— E o vestido? — ele perguntou.

— Devidamente adequado para uma refeição tão chique — eu disse.

— Pensou mais na minha oferta?

Deixando o silêncio cair quando mastiguei um pedaço grande, pensei em como responder a sua pergunta. Será que eu tinha pensado na sua oferta? Sim, mas apenas para tentar identificar por que ele perguntava repetidamente, não para considerá-la com seriedade. Afinal de contas, eu não sabia nada significativo sobre a fera para pensar com seriedade em sua proposta.

— Quer saber por que digo não com consistência? — Não esperei que ele respondesse. — Como posso falar que ficarei, obedecerei suas ordens, quando vejo a quantidade considerável de crueldade e raiva em você? Como vai descontar isso em mim quando eu for sua e obedecê-lo?

Ele rosnou ameaçadoramente, mas não se aproximou mais da mesa.

— Você não sabe nada da minha raiva. — Um rosnado de alerta revestiu suas palavras.

— Sei que se ressente desta mansão e gostaria de destruí-la se a magia daqui permitisse. E sei que ignora a maioria das criaturas aqui com você.

— Ridículo — ele rugiu. — Não ignoro aqueles que estão presos aqui comigo.

Presos? Pensei naquela informação, mas não fiz nenhum comentário.

— Eu o vi com a árvore — eu disse, calmamente dando uma mordida na carne macia da ave. — Se é assim que trata aqueles com quem se importa, não quero fazer parte disso. — Seu rugido escondeu a maior parte dos seus xingamentos. — Ela parecia não querer você, da segunda vez. O homem dela estava parado sólido por perto observando você usá-la. Me diga, teria arranhado o tronco dela como faz com a madeira aqui se ela tivesse se transformado em árvore? — Gesticulei para os entalhes profundos na madeira da cozinha. A nuvem preta de névoa contendo-o se agitou com seu ódio.

De repente, a mesa e a abundância de comida voaram de mim como se tivessem sido puxadas por uma mão gigante. Os pratos caíram no chão e estilhaçaram aos meus pés, sujando o vestido com pedaços de comida. Com o garfo ainda na mão, coloquei meu último pedaço na boca.

Ele se enfurecia enquanto eu mastigava, meu coração martelando pela minha audácia. Mesmo assim, tinha certeza de que ele não me tocaria com raiva apesar das minhas palavras. Tivera oportunidade para fazê-lo muitas vezes antes. Não, aquela noite era para me instigar a dizer sim para sua oferta. Se ele me tocasse, sabia que a resposta nunca iria mudar.

— Obrigada pela refeição. Gostei da comida, mas a companhia poderia ter mais educação — eu disse baixo e me levantei, chacoalhando a comida que consegui do vestido.

Me virei e, com cuidado, andei por entre os pedaços quebrados de louça, levando meus pés descalços até a segurança do quarto. Ele rosnou, rugiu e xingou o tempo inteiro.

Permanecendo vestida, deitei na cama e parei de escutar seu discurso. A refeição e a petulância dele me deixaram exausta. Fui dormir.

Após colocar meias e amarrar as botas, fui até a cozinha. O desastre ainda gritava pelo cômodo. Na salinha do açougue, vi os trapos desfiados do meu vestido e minha bolsa. Um saquinho, quase do tamanho do meu punho, aguardava próximo à pilha. Desamarrei o cordão e olhei dentro para os grãos finos de açúcar de verdade. O cristal amarronzado fosco e claro era uma iguaria rara naquela região e valia em ouro. Havia duas moedas de ouro na mesa perto dos trapos empilhados de meus pertences. Imaginei seu comportamento depois que dormi e seu arrependimento depois de descontar nas minhas coisas. Balançando a cabeça, peguei tudo e fui até a porta.

Ainda me sentia fraca, mas não mais doente. Incerta sobre a quarentena, esperava que minha chegada em Ponte não causasse um problema. O frasco de remédio, que estivera na cadeira quando acordei, agora estava escondido dentro de meu vestido. Tinha bebido uma pequena dose quando acordara, por precaução.

Saindo para a luz do sol, enchi os pulmões de ar fresco e soltei lentamente. Um corvo observava de uma árvore próxima, e me curvei para ele. Ele abriu e fechou seu bico para mim em resposta. Sorrindo, andei devagar até o portão, aproveitando a sensação do sol no meu rosto. Não parecia acontecer com muita frequência dentro da propriedade.

À frente, perto do portão, havia uma figura escondida debaixo das sombras das árvores. Parei assim que a vi, imaginando se alguém tinha entrado na propriedade sem o conhecimento da fera. Eu não tinha muitos amigos em Konrall, e aqueles que eu tinha não arriscariam a punição da fera por invasão.

— Vai considerar minha oferta? — a fera falou brava. — Eu a abriguei, alimentei e cuidei de você. Não tem motivo para negar.

Escutar sua voz amenizou um pouco dos meus medos, e comecei a seguir em frente.

— Fique onde está — ele comandou raivoso.

Parei, imaginando que loucura tinha se apossado dele agora.

— Sua resposta. Vou lhe dar tudo que deseja se ficar e fizer como eu mando.

— Tudo que desejo? — Lutei para impedir uma risada quando ele jurou. — Isso é uma promessa tola quando você não faz ideia do que desejo. E se meu desejo for sua morte ou destruir a mansão? Nenhum desses seria possível, não é?

Ele rosnou para minha lógica, e eu me movi mais para a frente. Ele me chamou de mulher rancorosa, ingrata e fria às situações de outros, egoísta e cruel em relação a servir e ser gentil. Conforme me aproximei do portão, ele foi para trás da vegetação rasteira, tentando ficar na sombra. Quando pisei na terra perto do portão, ele começou a implorar.

— Por favor — ele disse. — Qualquer coisa que estiver em meu poder será seu. Não dê outro passo. Volte e fique comigo.

Balancei a cabeça e dei mais um passo para a frente. O portão se abriu conforme ele bateu na árvore baixa na qual estava escondido. Com um rugido, pisoteou a moita, e eu vi a fera sem escuridão um segundo antes de passar pelo portão.

Suas orelhas pontudas apontavam para cima de ambos os lados da cabeça. Seus olhos escuros se afundavam profundamente debaixo de uma sobrancelha escura e desgrenhada. As garras saíam de cada dedo, e o pelo cobria todo seu corpo. Com seus lábios puxados para trás, seus dentes afiados não davam ilusão ao que ele era. Ele era realmente uma fera.

Eu corri. Quando cheguei à estrada, parei e soltei o açúcar e as moedas para trocar de mão. Meu coração batia nos ouvidos.

Ao longe, ainda conseguia escutá-lo. Provavelmente conseguiam escutá-lo em Konrall.

Sabendo que tomei a decisão certa em partir naquele momento, apesar dos meus membros fracos e trêmulos, comecei a seguir em direção à Ponte.

Onze

Havia uma placa pendurada em um prego na porta da frente de nossa casa. Ignorando o aviso de quarentena, entrei. Uma tosse seca me recebeu, e vi Papai no fogão, cozinhando uma sopa aguada.

— Benella — ele gritou, recuando um passo. — Deveria ter ficado longe.

— Não, Papai. Nunca conseguiria fazer isso. — Fui até ele e tirei meu frasco do vestido e o coloquei na mesa perto do outro frasco bem vazio. — Por mais quanto tempo deve tomar o remédio?

— Sete dias desde o começo — ele conseguiu falar antes de tossir de novo. O chiado no fim me preocupou. Ele parecia exausto e pálido. A mão que mexia a sopa tremia.

Puxei uma cadeira, peguei a colher dele e o levei para sentar.

— Onde estão Bryn e Blye?

— Doentes na cama delas.

Achei esquisito Bryn ainda estar de cama quando ela tinha sido a primeira de nós a ficar doente. Eu já estava bem e andando por todo lado. Guardando meus pensamentos para mim mesma, fui para o poço pegar um pouco de água fresca.

— O Líder nos alertou para não sair durante o dia — Papai disse.

— Precisamos de água — respondi seca. Não via como pegar água apenas à noite beneficiaria alguém. Só significava que Papai trabalhava quando deveria estar descansando. Se o Líder se importasse tanto, poderia entrar em nosso covil de doença para me repreender.

— Tomou sua dose hoje?

Ele balançou a cabeça, e eu sabia que era porque havia muito pouco. Como o médico poderia achar que isso duraria sete dias para três pessoas quando sobrara apenas um quarto do frasco? Papai viu minha expressão enquanto eu media, com cuidado, uma dose em uma xícara e adicionava água.

— Bryn tomou a dose duas vezes por dia esperando que funcionasse mais rápido. Suspeito que Blye fez o mesmo, mas na esperança de que a prevenisse de pegar.

Lancei um olhar para a porta fechada, a única consideração que dava a elas, e servi um pouco da sopa para Papai. Enquanto ele bebia, houve uma batida à porta da frente.

Ambos trocamos olhares antes de eu gritar o alerta de quarentena.

— Eu sei — uma voz gritou de volta. — Eu o coloquei aqui. Então estou me perguntando por que vi alguém entrar há alguns minutos.

Meus olhos se estreitaram, e abri a porta. O Líder estava parado na rua a uma boa distância da porta.

— Bom dia, Líder. Por favor, não quer entrar e conversar sobre essa violação? Melhor ainda, vou até o senhor, assim pode me repreender adequadamente.

— Benella — Papai me censurou atrás de mim com um sussurro.

— Por favor, fique onde está — o homem disse. — Agora que entrou, não pode sair até a doença passar.

— Tenho total consciência disso. Eu sei ler — eu disse, apontando para a placa bem ao meu lado. — Nosso remédio está acabando. O médico disse que tinha mais se tivéssemos dinheiro. Também precisamos de suprimentos: aveia, farinha e qualquer verdura que se encontre. Pode conseguir isso? Preferiria ficar cuidando do meu pai do que ter que sair para fazer essas tarefas — eu disse baixinho, observando-o para ver se ele entendia minha ameaça.

Ele assentiu devagar.

— Podemos deixar no alpendre e bater quando puder sair para pegar. Tem dinheiro para isso?

Assentindo, virei de costas para a porta e peguei duas moedas que havia colocado na mesa. Os olhos de Papai se arredondaram, percebendo-as somente agora. Na porta, eu as joguei para que caíssem aos pés do Líder.

O Líder enfiou a mão no bolso para pegar um pedaço de couro e embrulhou as moedas antes de se afastar. Provavelmente ele ferveria as moedas e queimaria o couro.

— De onde vieram essas moedas? — Papai perguntou quando fechei a porta.

Sorri e me sentei ao lado dele.

— O senhor nunca vai acreditar na história — eu disse, sabendo muito bem que ele iria acreditar.

Nesse momento, a porta do quarto se abriu, e Blye saiu. Ela tossiu fracamente em um lenço xadrez bordado, sem secura evidente quando exalou.

— Ouvi vozes — ela disse pateticamente explicando sua presença. Então seus olhos se arregalaram ao me ver. — Benella, onde conseguiu esse vestido? — Ela correu e tocou minha manga. — Delicado. — Ela respirou e me puxou para me levantar. — O que aconteceu com a barra?

Quando ela encontrou meus olhos, buscando respostas, eu fiz uma pergunta.

— Por que ainda está de cama? Parece muito bem.

Seu ar de empolgação imediatamente sumiu, e ela tossiu de novo em seu lenço xadrez.

— Acho que estou bem e saio do quarto, mas logo me sinto cansada e trêmula e preciso descansar. A doença está me enganando, me dando um instante de normalidade, depois roubando tudo de mim dentro de uma hora.

Provavelmente tempo suficiente para ela comer, pensei de forma maldosa. Fechei os olhos e afastei minha raiva, sabendo que Papai estava nos escutando. Não faria bem continuar o assunto.

— Então deveria voltar para a cama para descansar. Levarei algo para comerem logo. O Líder vai trazer suprimentos.

Ela assentiu com fraqueza e voltou para o quarto.

Para jantar, tinha feito uma sopa gostosa com os suprimentos entregues pelo Líder. Ele fizera bom uso das duas moedas de ouro, e tínhamos bastante comida para quatro dias, incluindo mais remédio. Servi Papai e eu com uma porção saudável. Ele se levantou da cama para se juntar a mim à mesa. Toquei a testa dele quando vi um brilho extra em seus olhos. Ele estava muito quente, e me lembrei de como eu tinha queimado de febre. Depois de comermos, ajudei-o a ir para a cama, dando-lhe uma bebida antes de falar que me chamasse se precisasse de alguma coisa.

Depois peguei o que restou da sopa, adicionei água fria, e servi a mistura aguada morna para minhas irmãs na cama. Elas pegaram suas tigelas sem comentar e acabaram com elas enquanto eu observava.

No dia seguinte, Papai acordou pior. Eu lhe dei outra dose do meu frasco, prometendo que qualquer dor que sentisse nos pulmões iria desaparecer logo, e o deixei dormindo. Para minhas irmãs, dei-lhes a dose delas de café da manhã e prometi que levaria comida logo. Levei a comida muitas horas mais tarde. Mais sopa aguada.

Um dia agonizante se passou, escutando a tosse seca de Papai. Me sentei ao lado da cama dele, simplesmente observando-o respirar, e pensei se a fera tinha feito a mesma coisa enquanto eu sofria de febre. Quando o sol nasceu, Papai descansava melhor, e o fiz beber mais água antes de lavar seu rosto.

Em nenhum momento, durante a noite, nenhuma de minhas irmãs saíram do quarto delas, então fui ver se estavam bem. Ambas dormiam ressonando, cada uma de seu lado da cama, e senti uma pontada de culpa por presumir que estivessem fingindo estar doentes. Esperei até fechar a porta baixinho para tossir um pouco. Se Papai não estivesse doente, eu também estaria na cama na noite anterior.

Cansada, me sentei ao lado dele de novo e comecei a cochilar.

Conforme os dias se passavam, os suprimentos acabavam. Todos conseguimos sete dias completos de remédio, mas permanecemos em quarentena até a tosse de Papai retroceder nove dias depois de eu ter voltado para casa. Até lá, havia pouquíssimo da carne de veado salgada. Quando o Líder nos declarou prontos para abrir as portas de novo, todos trabalhamos juntos a fim de limpar e arejar a cabana. Evitei a função de ferver os lençóis e pensei na fera.

Com poucos suprimentos, minhas irmãs sussurravam para eu buscar mais. Elas não perguntaram como apareci com o vestido ou por que o Líder nos deu aquela comida. Só sabiam que eu tinha sido a fonte da boa sorte que nos ajudou a passar pela doença. Quando seus pedidos incessantes se tornaram demais, saí ao amanhecer para visitar as irmãs.

Papai tinha voltado a dar aulas no dia anterior. Embora não tivesse visitado as Irmãs Sussurrantes em mais de uma semana, o guarda assentiu quando me viu e me deixou entrar. Ila me recebeu com o chá assim que entrei.

— O que a traz aqui hoje? Fiquei sabendo de sua doença e estou feliz que esteja bem de novo.

Assenti, concordando, e a segui descendo as escadas para a sala de banho. Depois de muito tempo longe, sua nudez atraiu meu olhar de novo, mas ela não pareceu perceber. Aryana já estava confortável em uma das tinas quentes.

— Minhas irmãs estão fazendo minhas orelhas sangrarem com seus — Respirei fundo e, então, baixei a voz para imitar seus sussurros roucos. — Posso me banhar hoje? — perguntei, em vez de reclamar.

— Você é muito controlada — Aryana comentou. — Precisa expressar mais seus pensamentos para que não azedem seu interior.

Ela se levantou da tina, e ergui uma mão para ajudá-la.

— Se falar o que penso, vou azedar minha família. Cresci acostumada a morder a língua ao longo dos anos. Geralmente não me incomoda.

Ila fez um barulho neutro conforme ia até a sala dos fundos. Elas espantaram Gen.

— Esse vestido é novo? — Aryana perguntou, tocando o tecido.

Assenti e abri os botões que alinhavam o corpete.

— É muito bonito — ela disse. — Imagino que Blye tenha ficado com muita inveja dele.

— Como conhece Blye? — perguntei, curiosa que ela conhecesse Blye o suficiente para saber de sua personalidade.

— Só o que escutamos de nossos clientes — Ila sussurrou, me ajudando a erguer o vestido por cima da cabeça.

— Seus clientes falam das minhas irmãs? — Não gostei nada disso. Sim, eu sabia que Blye poderia ser um pouco vaidosa e invejosa e Bryn um pouco egoísta e grosseira, mas eram minhas irmãs. Eu as amava independente disso.

— Um pouco. Eles ou suas esposas devem ver suas irmãs pelo mercado durante o dia — Aryana disse ao pegar dois baldes de água quente enquanto eu tirava minhas roupas de baixo.

A água cascateou sobre minha cabeça, e ergui as mãos para tirar a água dos olhos. O toque de uma mão nas minhas costas e outra nas minhas pernas me sacudiu dos pensamentos de fofoca e voltei à realidade do banho com duas relativamente estranhas. Meus olhos se arregalaram por um instante até Aryana deslizar suas mãos ensaboadas para meus ombros. Seus dedos firmes derreteram minha oposição.

A semana anterior de pegar água, cozinhar e limpar tinha provocado nós e tensões, as quais ajudaram a inspirar a visita às irmãs para mergulhar em uma de suas tinas.

— Vocês ainda são considerados novos na vila, então as pessoas falam de vocês. Comentam sobre suas boas habilidades de troca também. Muitos se perguntam onde você encontra tantos produtos fora de época.

Naquele momento, fiquei muito feliz por ter escondido o açúcar debaixo do meu colchão em casa. Talvez precisasse alternar onde trocava e pedir à fera por itens mais comuns. O que eu estava pensando? Eu iria voltar?

Uma mão deslizou por meu seio, distraindo-me. Uma pontada de consciência pinicou minha pele. Foi estranho, mas não doloroso, apenas pareceu errado. Eu tinha me lavado bastantes vezes e nunca tivera essa reação antes.

— Aqui — Ila me entregou o sabão, chegando na parte de cima das coxas. Fiquei grata por ela me deixar lavar em vez de continuar subindo.

— Você tem mais tensão do que muitos homens — Aryana comentou ao massagear minhas costas. — Talvez, depois de uma imersão, gostaria que soltássemos seus músculos?

Relembrei de como Gen reagiu e declinei educadamente. Flagrei o sorriso sábio de Ila, mas ignorei. Elas me enxaguaram, e nós três fomos até as tinas, escolhendo três perto uma da outra. Não conversamos muito. Logo, Ila estava insistindo para que saíssemos antes que ficássemos doentes. Fomos nos enxaguar com água fria, e elas passaram óleo no meu cabelo de novo depois de eu ter me secado perto do fogo.

Quando voltei para casa, o leve cheiro de ovos e bacon preenchia o ar dentro da cabana. Bryn estava em pé diante da pia, esfregando as louças.

— Como conseguiram mais comida? — perguntei empolgada, meu estômago roncando e os olhos agitados, procurando o que meu nariz cheirava.

— Não sei do que está falando — ela disse.

— Ovos. Bacon. Estou sentindo cheiro. — As palavras saíram com um tom grosseiro da minha boca.

— Ah, sim. Não havia o suficiente para dividir. Desculpe — ela disse alegremente ao colocar a panela de lado.

— Pelo menos deu um pouco para Papai?

— Por favor. Ele fica sentado o dia todo. Eu fico aqui limpando, cozinhando e indo ao mercado. Precisava de comida para não desmaiar — ela respondeu irritada.

Ela se recusou a se virar e olhar para mim. Franzi o cenho para suas costas. Não tínhamos comida nem dinheiro. De novo. Trocar o açúcar seria perigoso, mas Papai não iria comer novamente. Fui até o colchão e procurei o açúcar, mas tirei a mão vazia.

— Não se incomode — Bryn disse. — Eu encontrei o que você estava tentando esconder de forma tão egoísta e troquei pela comida.

Fiquei boquiaberta.

— Uma mão cheia de açúcar por apenas o suficiente de bacon e ovos para alimentar uma pessoa?

— Vá e consiga mais — ela disse, dando de ombros como se eu tivesse conseguido o açúcar com facilidade.

Pensei na fera e em sua última aparição assustadora há mais de uma semana. Com toda certeza, eu não seria bem-vinda de volta.

— Não posso — eu disse desesperada. — Aquele era o último.

— Toda vez que você parte, volta com alguma coisa nova. Não me diga que é a última vez. Vá. — Ela pegou uma bolsa e jogou em mim, seu rosto contorcido por raiva e seus olhos cheios de lágrimas.

Peguei a bolsa e saí sem lugar para ir. As irmãs agora estavam aceitando clientes, e eu não entraria de novo na propriedade.

Indo para os arredores da cidade, vi uma nova área de grama perto de uma árvore e me sentei ali até o sol começar a deitar no horizonte. Com o estômago doendo, comecei a voltar para casa.

Bryn olhou para cima esperançosa quando entrei. Sentei com a bolsa vazia na cama e fui para o poço beber um copo de água fria. Isso amenizou as dores da fome por um tempo.

Quando papai chegou em casa e viu que não havia jantar, pegou um livro de sua prateleira e saiu de novo. Voltou um bom tempo mais tarde com um pouco de cereal. Bryn o dividiu e cozinhou metade para nosso jantar.

Pela manhã, Bryn ferveu o cereal restante para nosso café da manhã e, parecendo realmente preocupada, insistiu que Papai ficasse e comesse sua porção.

Quando nos sentamos à mesa, apreciamos a refeição escassa em silêncio, uma batida na porta interrompeu esse silêncio. Papai se levantou para atender enquanto todas nós viramos nossas cadeiras para observar. Não havia ninguém à porta, mas um pedaço de pergaminho estava na soleira do lado de fora. Papai o pegou e levou à mesa após olhar para cima e para baixo na rua.

Ele leu o recado brevemente, depois nos deu um sorrisinho.

— Há um caixeiro-viajante que acabou de passar por Ponte. Ele soube que posso ter alguns livros de que não preciso mais e ofereceu um preço justo se eu os levar a Konrall hoje. Ele deve continuar para o sul de Konrall antes da noite cair.

Ele deu rapidamente suas últimas mordidas e saiu da mesa.

— Vou cancelar minhas aulas de hoje e volto logo. O caixeiro também expressou interesse em conhecer minhas filhas. Vocês vão me acompanhar. — Seu tom não permitia discussão, embora eu pudesse ver o desgosto nos olhos de minhas irmãs.

Minha mente ficou em um turbilhão. Meu coração doía por Papai ter que dar um livro para nos alimentar. Depois de estar doente por tanto tempo e sem trabalhar, ainda não haveria pagamento por muitos dias. A maioria dos professores se achariam sortudos por ainda ter uma vaga para a qual voltar depois de uma doença prolongada. E um caixeiro querendo nos encontrar só significava que ele ficara sabendo sobre o desejo de Papai de casar uma de nós. Uma boca a menos iria aliviar um pouco do fardo.

Bryn jogou as louças na pia e correu atrás de Blye para o quarto delas. Passei os dedos no meu cabelo antes de arrumá-lo para trançar, como sempre. Após Papai retornar, minhas irmãs saíram do quarto delas, parecendo renovadas e bem arrumadas. Apesar da doença, Bryn não parecia tão magra como o resto de nós e ainda tinha um brilho saudável.

— Benella, pode carregar isso na sua bolsa? — Papai perguntou, tirando sete livros de suas prateleiras. Dois eram relacionados ao ensino rudimentar de matemática, que eu duvidava que Papai ainda consultasse dada a familiaridade que tinha com o material devido ao ensinamento repetitivo. Três eram relacionados ao início da leitura e escrita. Os outros dois eram raras edições relacionadas a flora e fauna. Eu não queria que eles os dessem.

— O senhor pediu uma carroça? — Bryn perguntou, alisando o vestido.

Papai lhe lançou um olhar superficial, e ela baixou seu olhar. A repreensão. Iríamos vender os livros dele porque não tínhamos dinheiro. Como exatamente ele poderia pagar uma carroça?

À frente, vi uma curva familiar na estrada cheia de uma fumaça densa e incomum. Estávamos muito perto do lugar onde eu cortava pela floresta para ir à propriedade quando ainda trocava com a fera. Quanto tempo fazia agora? Quase duas semanas?

— Papai — comecei ansiosa. — Não parece quente demais para lugares com neblina?

— Depende — ele disse distraído, sua respiração ainda um pouco difícil. Normalmente, era um homem sedentário, então a caminhada longa após ter acabado de se recuperar de uma doença o sobrecarregava. — Pode haver água mais gelada escondida debaixo das árvores que causam isso.

A neblina se aproximou, e pisquei para ela, tentando determinar se estávamos andando mais rápido ou se a neblina se aproximava de nós. Ainda a muitos metros de distância, flagrei um discreto movimento na névoa. Antes de poder alertar a todos, centenas de trepadeiras apareceram, enrolando em nós.

A neblina densa nos consumiu, escondendo-nos um do outro. Escutei minhas irmãs gritarem, e meu pai chamou nossos nomes. Não consegui responder quando uma trepadeira se enrolou firmemente em mim, mas gentilmente na minha boca, me fazendo calar com eficácia. Mordi a trepadeira e a mastiguei, no entanto, a seiva ácida que correu por minha boca me preocupou, então cuspi o que pude e continuei muda.

As trepadeiras nos levaram por entre as árvores, por cima da copa, cada vez mais perto da propriedade enquanto a névoa continuava a nos manter isolados. Ouvi a preocupação crescente na voz de Papai quando não respondi a seus chamados.

O medo se acumulava em meu peito. Ainda poderia tentar pedir refúgio e funcionaria para proteger a todos nós? O quanto será que minha última partida irritara a fera? Senti as trepadeiras começarem a me abaixar e, logo, a névoa retrocedeu o suficiente para que conseguíssemos nos ver.

Todos nós estávamos pendurados a alguns metros do chão, enrolados nas trepadeiras. Os olhos de Bryn e Blye se arregalavam, e elas começaram a lutar contra suas amarras quando viram que estávamos suspensos dentro do portão da propriedade. Papai calmamente escaneou a área, provavelmente se lembrando de sua última excursão sem danos por trás dos muros. As trepadeiras ainda tampando minha boca me preocupavam. Senti que não partiríamos desta vez sem encontrar a fera e, por um motivo que não sabia qual era, ele não queria que eu falasse.

A névoa parou de recuar a muitos metros de distância e, então, começou a escurecer. Minhas irmãs começaram a chorar. Seus choramingos patéticos me fizeram ter pena delas e do medo que sentiam. Ninguém merecia ser atormentado como a fera estava fazendo com elas. Meus olhos se estreitaram com a escuridão, e tentei falar em volta das trepadeiras, mas só soou truncado.

— Parece que tenho invasores — a fera rugiu.

Bufei.

O rosto de Papai tinha ficado visivelmente pálido, e ele pareceu ter perdido a voz diante de tal ameaça.

— Sendo o mais velho, você deve receber a punição por invadir, a menos que

Balancei a cabeça e tentei falar além da mordaça, tentando dizer à fera para parar com aquela loucura.

— A menos que o quê? — meu pai perguntou.

— A menos que uma de suas filhas concorde em ficar comigo — a fera disse.

Parei de lutar, vendo o que a fera queria fazer, o sorrateiro filho da...

— Não — Blye lamentou.

— Não é sua vez de responder — a fera retrucou grosseiramente. — A mais velha fala primeiro. É correto que eu lhe ofereça a oportunidade. E ela deveria agradecer que a considero quando está carregando um filho bastardo.

Os choramingos de Blye pararam, e ela se virou para encarar Bryn. Todos encaramos. Lágrimas escorreram pelo rosto de Bryn, sua vergonha evidente. O armazenamento de comida, o humor e o pedido de uma carroça faziam sentido agora. Fiquei com pena dela e olhei para a fera.

— Agora fale. É sua vez de responder. Ofereço refúgio da propriedade em troca de sua obediência total e imediata em cada comando que eu der. E a vida de seu pai, é claro.

Bryn soluçou e balançou a cabeça. Se minha boca não estivesse cheia de trepadeira, teria ficado boquiaberta. Como ela podia não salvar Papai? Meus olhos baixaram para sua barriga. Claro que ela não poderia, e Papai nunca iria querer que o fizesse, sabendo que ela carregava seu neto.

— Muito bem — a fera rosnou com uma ameaça. — Bom senhor, deveria pensar em casá-la com a primeira oferta que conseguir antes que o futuro marido descubra o estado dela.

Papai empalideceu mais e não olhou para Bryn.

— Agora, a segunda mais velha — a fera disse sem compaixão. — Seu pai vai pagar o preço da invasão por todas vocês. Como sabe, será jogado para fora da propriedade. Uma vez por cada uma de vocês. Como acha que ele vai ficar depois da segunda vez? Ou terceira? Sinceramente acha que sobrará alguma coisa para jogar a quarta vez?

O choramingo de Blye não me fez ter pena dela.

— Por favor, tenha misericórdia de nós. — Ela soluçou.

— Eu *estou* tendo ao oferecer a chance de salvar a vida de seu pai. Concorde em ficar comigo. Você terá as sedas mais finas que pode imaginar em troca de sua obediência total e imediata a cada comando que eu der.

Ela resmungou e implorou por muitos minutos antes de rejeitar sua oferta. Durante o tempo todo, Papai não disse nada, seus olhos ficavam cada vez mais desencorajados.

— Agora — a fera disse. — A mais nova.

As trepadeiras saíram da minha boca quando ele falou, e o interrompi antes que ele pudesse continuar.

— Me solte para que possamos conversar cara a cara. Não vou falar minha resposta para sua névoa amaldiçoada.

Imediatamente, as trepadeiras saíram de mim e eu caí no chão. Me endireitando, olhei para minhas irmãs e Papai. Todos tinham medo nos olhos.

— Benella — meu pai começou. — Não desista de sua vida por

Uma trepadeira se rastejou em seu peito para abafar suas palavras.

Me preparando para um confronto, andei reto até a névoa e parei quando senti um puxão no meu cabelo. Meu estômago se revirou de maneira estranha.

— Qual é sua resposta? — ele ribombou baixinho conforme seus dedos desmancharam a trança.

A névoa pesada nos rodeando abafava todo o som, sem dúvida para impedir que minha família escutasse. Embora isso também escondesse a fera da minha vista, me lembrava de cada presa e garra com detalhes.

— Seus termos são um pouco excessivos pelo que vai ganhar, e gostaria de propor três correções — eu disse corajosa.

— Como podem ser excessivos? — ele perguntou. — Vai ganhar a vida de seu pai.

— Será que vou? Como saberei? Essa é minha primeira ressalva. Devo poder sair da propriedade uma vez por semana. Se não puder ver Papai, será simplesmente como se ele tivesse morrido.

A fera grunhiu em resposta. Eu o senti se inclinar para cheirar o óleo que ainda estava em meu cabelo.

— Qual é sua próxima correção?

— Vou ignorar qualquer comando pelo meu silêncio.

Ele não negou.

— E a última? — perguntou.

— Não poderá me tocar sem permissão.

Seu rosnado começou baixo e cresceu furioso.

— Inaceitável — ele rugiu. Segurou meu cabelo e me puxou contra ele com cuidado para que o pelo de sua mandíbula raspasse em minha orelha. — Por que vou ter você, então?

Lambi os lábios.

— Isso é o que venho me perguntando por muitas semanas. Você pediu tantas vezes e ofereceu tantas coisas. Todas as vezes, eu disse não. Se não pode aceitar meus termos, tenho certeza de que vai matar meu pai. Seu temperamento cuidará disso. Mas vai perder qualquer chance futura de me coagir a concordar. Isso é uma promessa.

Ele ficou totalmente em silêncio. Fiquei parada, aguardando sua resposta. Ao longe, ouvi os soluços contínuos de Blye embora Bryn tentasse acalmá-la, sem dúvida tentando escutar o que falávamos.

— Um ano — ele rugiu. — Aceitarei suas correções por um ano.

— Não — contradisse. — Meu silêncio não pode ser ignorado, e não perderei minha família. Contanto que esteja com você, vai me escutar e me deixar sair um dia da semana. Em troca de sua benevolência graciosa, concordo em reduzir a restrição do toque para seis meses. — Precisei levantar um pouco a voz para que ele me escutasse através de seus xingamentos.

De novo, ele parou com a fúria. Não me deixou esperando muito.

— Uma semana.

Bufei.

— Um mês. Essa é minha oferta final.

— Aceita — ele disse triunfante.

— Eu gostaria de me despedir antes de começar a mandar em mim, sir — falei apressada.

Ele soltou meu cabelo.

— Seja rápida.

Obedecendo, corri da névoa assim que as trepadeiras soltaram Papai e minhas irmãs. Fui até Papai primeiro e o abracei forte.

— Vejo o senhor em quatro dias — sussurrei para ele.

— Não faça isso, Benella — ele disse firmemente, me abraçando.

— Ficarei bem e bem alimentada aqui. — Me afastei e vi o olhar magoado em seus olhos e rapidamente tirei a bolsa dos meus ombros. — Aqui. Tentarei encontrar alguma forma de ajudar.

Me virei para minhas irmãs.

— Cuidem dele. — Havia uma ameaça em meu tom que não tive a intenção de expressar. — E de vocês — completei com mais calma.

Algo cutucou meu pé, e eu ergui minha saia o suficiente para ver uma trepadeira.

— Preciso ir.

Me virando, andei em direção à névoa, para longe da minha família.

Nota da autora

Espere! Não vá ainda! ☺

Primeiro, obrigada por ler. Espero que tenha gostado de *Depravação*, parte 1 de *Histórias Ferozes*. Seu apoio me possibilita escrever, então, por favor, ajude outras pessoas a saber mais sobre esta história deixando uma resenha no Goodreads ou em qualquer site de varejo onde este título está disponível.

Segundo, continue lendo para ter uma breve ideia sobre *Engano*, parte 2.

Descubra mais sobre meus livros em http://mjhaag.melissahaag.com ou me encontre no Facebook em MJHaag.author.

Boa leitura!

Melissa

Engano
Aos Cuidados da Fera
Parte 2

Os choramingos abafados de Bryn desapareceram quando mergulhei na névoa. Não fui muito longe antes de hesitar. Conseguia ver a mão que eu segurava diante de mim, mas nada além disso. Mesmo assim, não foi a visibilidade que me fez parar. O medo me paralisou.

A fera sempre manteve todo mundo afastado. Por que isso mudara? E por que comigo? Saber por que ele tinha ido tão longe para me prender dentro da propriedade poderia ter me assegurado. Depois, de novo, talvez seus motivos fossem para ser temidos.

O rabo da fera bateu contra meu estômago, um lembrete do acordo que eu tinha feito. Para salvar meu pai, não tive escolha a não ser agarrar o rabo e permitir que ele me guiasse pela névoa. Me afastar da minha família era difícil, mas andar na direção do meu futuro desconhecido era ainda pior.

Em vez de me levar para o jardim de mato crescido do lado de fora da cozinha, ele se virou um pouco para leste. Não demorou muito para meus pés amassarem cascalhos. Franzi o cenho com o som e, de repente, com o desaparecimento do rabo dele.

— Vá aonde desejar dentro dos limites da propriedade. Faça o que quiser, com exceção de ir embora — ele disse quando se moveu para trás de mim.

A névoa recuou com ele e revelou uma grande entrada à mansão que ele protegia tão zelosamente. Três degraus ladeados com placas enormes de pedra cinza levavam a um pátio coberto. Grandes colunas da mesma pedra apoiavam um teto que protegia os convidados que pudessem chegar durante um tempo rigoroso.

As portas duplas enormes arranhadas se abriram a convite. Mesmo assim, em vez de uma recepção boa, suas bocas abertas transmitiram uma sensação bizarra de desolação. Com relutância, subi os degraus e entrei no lar da fera.

Pela primeira vez, vi o interior da mansão com clareza. Decoração antiga, perfeitamente preservada da destruição do tempo, ainda assim, desfigurada pela raiva e negligência da fera, atraiu meu olhar curioso. Ele realmente precisava somente de uma empregada?

— Devo limpar, então? — perguntei, sabendo que ele ainda estava atrás de mim.

— Faça como quiser — ele disse irritado.

Aceitando suas palavras, fui de cômodo em cômodo, analisando o lugar que agora chamaria de lar. Embora não me importasse com limpeza, uma boa arrumação tornaria um bom lugar para se viver. Conforme perambulava, endireitava uma cadeira caída ou arrumava papéis jogados. Em alguns lugares, estilhaços de objetos quebrados sujavam o chão, e eu tentaria me lembrar de voltar com uma vassoura quando minhas botas os esmagaram.

Perdi a conta de quantas voltas e quantos cômodos visitara enquanto a fera me seguia disfarçadamente em sua agora pequena nuvem de névoa. Além da biblioteca, não vi nenhum lugar de interesse particular até chegar ao segundo piso.

No meio da destruição da fera, um único quarto permanecia intocado, e não o culpava por ignorá-lo. Babados, perfumes e travesseiros preenchiam o quarto com tons tóxicos de pink. Eu não tinha problema com pink em pequenas doses. No entanto, o que estava diante de mim fazia meus olhos doerem. A única exceção àquela superabundância era um conjunto de portas pretas e brilhantes, as quais chamaram minha atenção.

Elas se localizavam na parede interna e imploravam pelas garras furiosas da fera. Ainda assim, nada decorava a superfície.

Atravessei os tapetes pink e abri a porta. Do outro lado, a madeira apresentava as piores marcas que já tinha visto, tão profundas que apenas uma camada fina de madeira impedia que houvesse um buraco. Gentilmente, passei os dedos nas marcas, olhando para os cortes.

Enquanto observava, um pedacinho menor que uma radícula se mexeu, lentamente se endireitando para emendar o rasgo. Eu teria observado por mais tempo, fascinada pela demonstração do encantamento, porém a bagunça no quarto me distraiu. Tudo desde o colchão aos lençóis da cama às decorações incrustadas na madeira do piso tinha sido arruinado.

— Meu quarto — ele disse por detrás de mim. — Este quarto é seu.

Pelo seu smartphone você pode scanear o QR CODE acima e ficar por dentro de todas as novidades da 3DEA EDITORA.

Nos siga nas redes sociais:

http://www.3deaeditora.com.br/

https://www.facebook.com/3DEAEDITORA/

https://www.instagram.com/@3deeditora

Fênix

PRODUÇÕES EDITORIAIS